용병들의 대지
Road of
Mercenaries

용병들의 대지 11

이모탈 퓨전 판타지 소설

초판 1쇄 찍은 날 § 2017년 4월 25일
초판 1쇄 펴낸 날 § 2017년 5월 2일

지은이 § 이모탈
펴낸이 § 서경석

편집책임 § 이지연

펴낸곳 § 도서출판 청어람
등록번호 § 제387-1999-000006호
등록일자 § 1999. 5. 31
어람번호 § 제1-2684호

주소 § 경기도 부천시 부일로 483번길 40 서경B/D 3F (우) 14640
전화 § 032-656-4452 팩스 § 032-656-4453
http://www.chungeoram.com
E-mail § chungeorambook@daum.net

ISBN 979-11-04-91306-8 04810
ISBN 979-11-04-90905-4 (세트)

이모탈 퓨전 판타지 소설
FUSION FANTASTIC STORY

용병들의 대지
Road of Mercenaries

11

도서출판 청어람

용병들의 대지
Road of
Mercenaries

C O N T E N T S

CHAPTER 1
전쟁의 서막

제국이 들썩이기 시작했다. 아니, 들썩이는 것이 아니라 아예 끓어오르기 시작했다. 아직 몬스터의 전격적인 침공이 끝나지 않았음에도 불구하고 사람들은 저마다 의견을 내놓기 시작했다.

아니, 편가르기를 시작했다.

"오호라! 마법사가 드디어 일을 터뜨리는구나."

"도대체 무슨 말을 하는 것이냐. 마법사는 이 세계를 지탱하기 위해 부단히 노력했다."

"소문은 소문일 뿐이다. 밝혀진 것은 아무것도 없다."

"하지만 그 소문이 점점 사실로 굳어져 가고 있다."

갑론을박이 계속되었다. 하지만 그 갑론을박의 결론은 전혀 보이지 않았으니 언제까지 진행될지는 아무도 몰랐다. 그러면서 기사들과 마법사들은 분열하기 시작했다. 또한 그들을 지지하는 자와 지지하지 않은 자들로 나눠지기 시작했다.

그 와중에 바벨의 탑에서 선언을 했다.

"소문의 진상을 밝힐 것이다. 그러기 위해서 바벨의 탑을 지탱하는 네 개의 탑은 전력을 다해 현 상황을 조사할 것이다. 그 조사는 지위 고하를 막론할 것이며, 신분 역시 초월할 것이다. 불응하는 자는 바벨의 탑을 음해하는 자의 편에 선 것으로 간주, 바벨의 탑의 무차별한 공격을 받을 것이다."

사람들은 숨을 죽였다.

지금까지 소문으로 치부하면서 침묵으로 일관하던 바벨의 탑이 입을 열었고, 이 조치는 실로 강력하기 그지없었다. 그에 사람들은 에퀘스의 성역을 주시했다. 소문의 진원지는 용병들의 대지였으나 소문을 확산시키고 결정적으로 동조한 것은 에퀘스의 성역이었기 때문이었다.

그리고 그들이 예상했던 대로 에퀘스의 성역 역시 자신들의 입장을 발표했다. 하지만 그들은 한목소리가 아니었다. 두 개로 갈라졌다. 1좌와 2좌 그리고 5좌는 용병들의 대지를 지지한다는 쪽으로 그리고 나머지 3, 4, 6, 7좌는 바벨의 탑을 지지한다는 쪽으로 성명을 발표했다.

사람들은 다시 귀족들을 주시했다.

에쿼스의 성역과 바벨의 탑이 소문을 지지하고 소문의 진상을 밝히겠다고 나섰다. 협조하지 않는다면 힘으로 찍어 누르겠다고 압박을 가하고 있었다. 그 와중에 귀족들은 어디를 지지할 것인가?

귀족들 역시 두 부류로 갈라졌다.

용병들의 대지를 지지하는 쪽과 지지하지 않는 쪽.

그들은 바벨의 탑이나 에쿼스의 성역을 지지하는 것이 아닌 이 소문의 진원지인 용병들의 대지를 직접 거론했다.

사람들은 다시 용병들의 대지를 주목하기 시작했다. 바벨의 탑과 에쿼스의 성역이 제국을 지탱하고 혹은 제국으로부터 별개의 존재로 인정되고 있는 가운데 새로운 세력이 모습을 드러낸.

용병들만으로 만들어진 곳.

용병들의 대지.

귀족들에게는 황제가 있고, 바벨의 탑에는 로드가 있으며, 에쿼스의 성좌에는 일좌가 있듯이 모든 용병의 왕인 용병왕이 독립적인 장소로 황제로부터 인정받은 용병들의 대지를 말이다. 그리고 용병들의 대지에서 용병왕이 입을 열었다.

"모든 것은 사실이다. 그리고 그 사실을 증명하기 위해 용병들은 온 힘을 다할 것이다."

세상 사람들은 흥미롭게 제국을 이끄는 네 개 세력의 아귀다툼을 지켜보았다. 물론 제이니스 제국민은 그렇지 않았다. 그들은 당면한 현실이었고, 주변국들은 제국이 무너지기를 바라고 있었으니까 말이다.

하지만 지금은 제국을 치고 들어갈 수 없었다. 아무리 내부적으로 상당한 환난이 있다고는 하나 아직 제국은 건재했다. 귀족들이 신생 8병들이 대기니 흑은 비벨의 탑 또는 에케느의 성역을 지지한다고는 하지만 제국의 백만이 넘어가는 병력은 여전히 강성했기 때문이었다.

그러하기에 제국을 침공하기보다는 제국에서 일어나는 현상황을 예의 주시했다. 만약 지금의 상황이 더욱더 확대되어 제국이 흔들릴 경우, 그동안 갈고닦은 이와 발톱으로 제국을 갈기갈기 찢어발길 것이기 때문이었다.

"이제 전쟁이로군요."

"그런 셈이지."

아론과 유리피네스가 대화를 주고받았다. 그곳에는 그 둘만 존재하는 것이 아닌 용병들의 대지를 구성하고 있는 용병들의 수장들이 모두 모여 있었다. 그들의 표정은 비장한 반면에 아론의 얼굴은 평온하기 그지없었다.

아니, 평온하다기보다는 애초에 그의 얼굴에서 어떤 감정을 찾아본다는 것은 어려웠다.

"전쟁이 우리들로부터 시작되지는 않았구요."

"그것은 아직 바벨의 탑이 에퀘스의 성역을 완벽하게 장악하지 못했다는 말이 되겠지."

"그렇군요."

고개를 끄덕이는 유리피네스.

"바벨의 탑은 아직 우리를 적으로 생각하지 않고 있어."

"우리를요? 이 용병들의 대지를요?"

"그렇지."

"그럴… 수도 있겠군요. 그들 입장에서 보면 생전 듣도 보도 못한 존재이고, 평소 천대하던 용병들이 만든 단체이니까요."

"그렇지. 그래서 그들의 화살은 아마도 에퀘스의 성역의 세 가문에게 향할 테지."

"그렇다면 우리가 해야 할 일은요?"

"세 가문이 승리하도록 일조하고 그와 동시에 바벨의 탑을 무너뜨려야겠지."

"말은 참 쉽게 하네요."

"어려울 것도 없지."

"흠, 그래요?"

"지금 용병들의 대지의 전력이라면 그 누구도, 설사 제국의 백만 대군이라 할지라도 승리할 수 있지."

"그렇긴 하군요."

그랬다.

지금 아론이 용병왕으로 있는 용병들의 대지는 그야말로 드래곤 레어와 같은 곳이었다. 가장 첫손가락을 꼽는다면 역시 용병왕 그 자신일 것이고, 그 이하로 그랜드 소드 마스터와 그레이트 소드 마스터 등 헤아릴 수 없을 정도로 많은 강자들이 즐비했으니 말이다.

거기에 지금 이 순간에도 용병들은 끊임없이 담금질 받고 있었다. 용병들이 하나의 소속을 가지고 그 소속된 곳에서 병사들처럼 실력을 키우고 담금질할 줄 누가 알았겠는가?

용병들의 대지 내에는 용병들의 가족이 있었고, 용병들의 학교가 있었으며, 용병들의 훈련소가 있었다. 용병들의 법이 있었고, 용병들의 왕이 있었다. 그 자체로 하나의 왕국이라고 봐도 과언이 아닐 정도였다.

놀라운 것은 그 모든 게 오랜 세월에 걸쳐서 이루어진 것이 아닌 단시간에 이뤄졌다는 사실이다. 마치 오래전부터 지금의 상황을 대비한 것처럼 말이다. 그리고 그 중심에는 당연히 아론이 있었다.

'당신은 참으로 놀라운 사람이로군요.'

유리피네스는 내색하지 않고, 그리 생각했다. 그녀는 알고 있다. 아론의 가진 힘이 어디서 나오는지 말이다. 하지만 그 힘을 받았다고 해서 온전하게 그 힘을 사용하는 것은 그리 쉬운 일이 아니다.

일례로 바로 자신을 들 수 있었다.

자신이 받은 힘은 그야말로 대단한 힘이다. 이 세상에 존재한 적 없을 정도로 혹은 홀로 중간계의 흔적을 지울 정도로 막대한 힘이다. 하지만 자신은 그 모든 것을 받아들이지 못했다. 깨닫지도 못했고 말이다.

하지만 지금 자신의 눈앞에 있는 아론이라는 사람은 그 모든 것을 온전하게 자신의 것으로 받아들이고 있었다. 그리고 그것을 아주 적절하게 사용하고 있었다. 지금 이룩한 이 모든 것이 바로 그의 머리에서 나온 것이니까.

사람들은 어찌 한 사람의 머리에서 이 모든 것이 이루어질 수 있겠느냐고 하겠지만 실제 한 사람에 의해서 일어난 일이었다. 오로지 그의 생각에 의해서 실현되고 있었으니 세상 사람들이 이 사실을 안다면 놀라지 않을 수 없을 것이다.

다만 이 사실은 여기 모여 있는 모든 이가 알고 있는 상황이다. 왜냐하면 현재 용병들의 대지를 이끌고 있는 대부분의 용병은 처음부터 그와 함께했던 사람들로서 누구보다 아론의 능력을 잘 알고 있기 때문이었다.

하지만 그들에게 물어보면 그들은 한결같은 말을 한다.

"용병왕님의 끝을 아느냐고요? 그걸 어떻게 압니까?"

"처음부터 같이하시지 않았습니까?"

"처음부터 같이했다고 해서 다 아는 것은 아니지요."

"그래도……."

"용병왕님은 그 끝을 알 수 없소. 하다못해 같은 배에서 나온 형제조차 모두 알 수 없는데 바다와 같은 용병왕님의 실체를 안다는 것은 있을 수 없는 일이잖소."

"그가 신이라도 된단 말입니까?"

"신이 뭐 별거요? 용병왕님은 우리에게 있어 살아 있는 신과 같은 존재요. 왜냐고 묻는다면 과연 누가 수천 년 동안 염원한 용병들의 대지를 홀로 세울 수 있겠소."

"그야 그렇지만……."

"당신은 가능하겠소?"

"나는… 불가능하오."

"맞소. 누구도 그렇게 말을 할 거요. 그런데 그 불가능을 이렇게 이룩했소. 그렇다면 그는 신이 아니겠소?"

"그건 좀……."

"당신이 어떻게 생각하든 용병왕님은 제국에 있는 모든 용병의 왕이자 신이요."

"…크흠."

불편하지만 인정하지 않을 수 없었다. 그 누가 제국의 황제에게 인정받고 독립적인 세력을 가질 수 있을까? 에퀘스의 성역도 바벨의 탑도 공식적으로 독립적인 세력으로 인정받지 못했다.

그저 암묵적으로 그렇게 존재해 왔고, 존재해 가고 있으니까 말이다. 하지만 용병들의 대지는 달랐다. 황제가 인정했고, 반발이 있기는 하지만 귀족들도 인정했으며, 에퀘스의 성역도 인정을 했다.

바벨의 탑을 지목해 이 모든 상황의 원흉이라 했기에 그들에게 인정받기는 어렵겠지만 이미 제국 내에 있는 모든 세력에게 인정받고 있다고 봐도 무방했다. 그것을 불과 10년 내에 이뤘으니 용병들에게 신으로 불리는 것이 어쩌면 당연하다 할 것이다.

'그건 나도 동감하지. 이종족과의 융합 역시 마찬가지고.'

유리피네스 역시 인정한다.

용병들의 대지가 만들어지고 용병왕이 인정받으면서 일부이기는 하지만 이종족에 대한 인식이 달라졌다. 겉으로 보기에는 분명 일부였지만 그 내부를 들여다보면 거의 전부라고 해도 과언이 아니었다.

제국은 백만 정병을 자랑한다.

그리고 용병들 역시 백만 용병이라고 한다. 물론 훈련이나 그런 면에서 본다면 제국의 백만 정병에 미치지 못할 것이기는 하나 지금은 아니다. 제국의 백만 정병을 압도할 백만 용병이 이곳에 자리하고 있었기 때문에.

모래알처럼 흩어져 하나로 뭉치지 못하던 용병들이 뭉치고 뭉쳐 단단한 바위가 되어버렸다. 수천 년 동안 깎아도 깎이지 않을 그런 단단한 바위가 말이다. 그러하니 그를 신이 아니면 무어라 불러야 할까?

그래서 아론의 말에 가감 없이 인정하는 유리피네스였다.

"이제 어떻게 해야 할까요?"

"일단 에퀘스의 성역에 불고 있는 분란을 제거해야겠지."

"하지만 아직 완전하지 않아요."

"그래서 당신이 이곳에 남아야겠지."

"또요?"

"당신 말고는 믿을 사람이 없어."

그 말에 유리피네스는 샐쭉하게 입술을 내밀었다.

"언제나 그 말이죠?"

"언제나 그럴 수밖에 없으니까."

"사람은 많아요."

"하지만 그 누구도 당신만 못하지."

"브라이언 님도 있어요."

"그는 책사지 이끌 사람이 아니야."

"흐음, 그렇게 말을 하니 할 말은 없네요."

그에 유리피네스를 보며 살포시 미소를 떠올린 아론이었다.

"당신이 있기에 내가 이렇게 마음대로 설칠 수 있어. 난 항상 당신을 고맙게 생각해. 당신이 아니었으면 용병들은 이렇게 강해질 수 없었을 거야."

"말로만요?"

"언젠가는. 언젠가는 말이 아닌 행동으로 보여줄 때가 있을 거야."

"흐음, 그 언젠가가 빨리 오기를 기다려야겠네요."

"그래야겠지."

"그런데 한 가지 물어봐도 될까요?"

"뭐든지."

"왜 혼자 하지 않죠?"

"……."

그 물음에 아론은 유리피네스를 물끄러미 바라봤다. 이곳에서 이 세계에서 자신의 실력을 어느 정도 짐작하고 있는 사람은 오로지 유리피네스뿐일 것이다. 물론 지금 이 상황을 만든 바벨의 탑의 로드 역시 알겠으나 그는 멀리 떨어져 있고, 자신을 본 적도 없으니 지금 자신의 실력을 가장 잘 알고 있는 사람은 그녀뿐이다.

그녀는 알고 있다.

아론이 굳이 무리를 거느리지 않아도 된다는 것을 말이다. 한 손으로 열 손을 당할 수 없다고는 하지만 그것은 아론에게 해당되지 않는 말이었다. 그는 얼마든지 열 손이든 백 손이든 모두 당해낼 수 있었다.

그는 그런 사람이었다.

그래서 물어본 것이었다.

궁금해서.

그에 아론은 느릿하게 입을 열었다.

"소중함을 모르니까."

"소중함?"

"자유의 소중함."

"자유의 소중함이라."

"피의 고귀함을 잊을 테니까?"

무슨 말인지 알겠다.

쉽게 얻은 것은 쉽게 잊히고 쉽게 사용해 버린다. 왜냐고? 내가 힘들이지 않았기 때문이었다. 힘들게 얻은 것조차 쉽게 잊히고 사용해 버리는 판국에 쉽게 얻은 것은 대체 어떨까?

쓰레기와 같다.

정말 쓰레기와 같다.

내 힘으로 하지 않았기에 다음에 같은 일이 발생하면 의지하게 된다. 내가 하지 않아도 할 사람이 있다. 그러니 난 하지 않아도 된다. 그리고 의지했던 이가 하지 않으면 그들은 손가락질하고 욕하고 원망한다.

왜 도와주지 않느냐고.

왜 나서지 않느냐고.

그렇게 당연히 자신이 했어야 할 일을 타인에게 미루고 타인을 원망한다.

그래서 아론은 혼자 하지 않는다.

평화를 지키기 위해, 가족과 친구와 마을을 지키기 위해 피를 흘려야 한다. 피를 흘려본 자만이 피의 소중함을 알기 때문이다.

"그리고… 호의가 계속되면 권리인 줄 알 테니까."

"……"

유리피네스를 비롯한 모든 이가 아론의 말에 격하게 공감했다. 사람들은 안주하면 잊는다. 인간이기에 당연하겠지만 문제는 그것을 당연하다고 여기는 게 문제다.

세상에는 당연한 것은 없다. 또한 원인 없는 결과 역시 없는 법이다.

그 이유는 역사를 모르기 때문이다. 역사란 거시적으로 볼 필요가 없다. 자신이 살아온 인생 역정 역시 역사이다. 자신이 살아온 발자취와 타인이 살아온 인생이 모이고 모이면 가족의 역사가 되고 마을의 역사가 되고 한 왕국의 역사가 되는 법이다.

그 역사를 모른다면 과거를 알지 못하기에 똑같은 일이 반복된다. 인간이 중간계를 점령할 수 있었던 이유는 과거의 역사를 전승했기 때문이었다. 하지만 그것을 전승하지 못한다면 인간은 어떻게 될 것인가?

발전이 아닌 퇴보를 할 것이다. 과거의 잘못을 그대로 복습하면서 말이다. 그리고 인간은 이 세계에서 사라질지도 모른다. 물론 오랜 세월이 지나야 할 것이다. 하지만 지금도 인간은 과거의 영광에 취해, 아니, 과거의 영광조차 잊어가고 있었다.

위정자들에 의해 왜곡된 과거의 영광을 치욕으로 인지하고 살아간다. 그래서 퇴보한다. 발전하지 않고 퇴보하는 인간은 몬스터와 다를 바 없는 것이 문제다. 그 모든 것이 인간의 끊임없는 욕망에서 비롯되고 있음은 물론이다.

욕망이 있기에 발전도 있지만 퇴보 또한 존재한다. 인간은 끊임없이 발전해 나가고 있었다. 하지만 과거 고대 시대나 신화와 비견하면 어떠할까? 오히려 퇴보한 것과 다르지 않았다. 마법적인 면에서나 기사들의 수준에 있어서 혹은 문화에 있어서도 말이다.

지금 인간은 불합리하게 발전해 나가고 있었다. 그래서 퇴보했다고 한 것이다. 어찌 되었든 아론은 지금의 상황을 꼬집고 있었다. 지금과 같은 일이 반복되지 않기 바라면서 말이다.

"너무 정곡이라서 반박할 말이 없네요."

유리피네스의 말에 아론은 잔잔한 미소를 떠올렸다. 그에 유리피네스는 입술을 삐죽이며 물었다.

"그래서 어디서부터 시작할 셈인데요?"

"우선 칼뤼베이우스 가문과 동조해 용병들의 대지인 플랑드르를 침범한 엘리오스 가문에 그 책임을 물어야 하겠지."

"없앨 생각은 없는 모양이죠?"

"잠시 길이 엇나갔을 뿐인 것을. 그리고 한 번의 실수이니……."

"따끔하게 훈계할 생각인가 보군요."

"그것도 아주 많이 따끔하게."

"나쁘지 않네요."

"그동안 다른 가문들이 경거망동하지 못하도록 조치하는 것이 바로 당신이 해야 할 일이지."

"고맙군요. 할 일을 많이 줘서 말이에요."

"당신이 아니면 그 누구도 할 수 없으니까."

"흥!"

콧방귀를 날리는 유리피네스. 하지만 그녀의 입가에는 알 듯 모를 듯 미소가 걸려 있었다. 공적으로든 사적으로든 타인에게 그것도 자신과 지극한 유대감을 가지고 있는 이에게 인정받는다는 것은 칭찬 이상의 뿌듯함과 충만감을 가지게 된다.

그녀가 아무리 마검사에 그랜드 소드 마스터이자 8서클의 현자라 할지라도 지금 이 순간은 오로지 한 남자의 여자일 뿐이었다.

"허, 험, 거참, 애인 없는 사람은 속 터져 뒤지겠구만."

누고지 보지 않아도 뻔했다. 그에 아몬은 피식 웃고는 세라르를 바라보며 입을 열었다.

"너도 노력 좀 해야 하지 않겠냐?"

"아니. 나 원 참. 맨날 이곳저곳 불려 다니고 일을 하는데 언제 만나우? 하늘을 봐야 별을 따지."

"그러니까 밤에 하늘을 보려는 노력을 하란 말이다. 넌 그것도 하지 않고 감나무 밑에서 입을 벌리고 있으니 문제인 것이다."

"아니, 뭘 내가 어쨌다고……."

"노력해라."

"알았수."

할 말을 잃은 제라르를 보며 아론은 일침을 날리고 좌중을 훑어본 후 입을 열었다.

"준비는?"

"모두 끝났수."

제라르가 답했고 아론의 시선은 카툼에게로 향했다.

"아직 흡수할 오크들은 많다."

아쉬운 목소리였다.

"이해한다."

"하지만 오크족이 통합되고 하나가 되는 그 순간 나는 이 거대한 성전에 참여할 것이다."

"성전?"

"성전이다. 모든 종족이 하나 되는 성전 말이다."

"그런가? 그렇게 본다면 고마운 일이지."

"고마워해야 할 자는 우리지 네가 아니다."

그러면서 자리에서 벌떡 일어나 오른손을 가볍게 말아 쥐어 왼쪽 가슴을 툭툭 건드리더니 허리를 살짝 굽혔다. 전사로서 최고의 예를 다한 오크 종족만의 예법이었다. 아론은 그 예법을 모르지만 그의 진심이 느껴지자 미미하게 고개를 끄덕이며 그의 마음을 받아들였다.

"자, 그럼 언제 출발하면 되우."

"지금 바로."

"어허허허, 역시 우리 형님이우."

아론은 미루지 않았다.

이미 준비가 다 끝났음을 아는데 굳이 미룰 일은 아니었다.

반드시 승리하는 방법 중 하나가 적이 예측하지 않은 시간에 예측하지 못한 장소에 예측하지 못한 인원으로 들이치는 것이었다.

그리고 지금 아론은 적이 예측하지 못한 시간을 활용하고 있었다. 아론의 명령이 떨어지기 무섭게 제라르와 얀센이 자리를 박차고 일어나 회의장 밖으로 나섰다. 아론은 걸음을 옮기다 슬쩍 유리피네스를 본 후 입을 열었다.

"부탁해."

"걱정 말아요. 이 세계에서 당신을 제외하고 나를 어찌할 수 있는 사람은 그리 많지 않으니 말이에요."

그에 아론은 고개를 끄덕인 후 회의장을 벗어났다. 그도 알고 있었다. 엉덩이 무거운 마탑의 존재들이 모두 덤빈다 해도 유리피네스를 어찌할 수 없다. 다만, 이 모든 일을 뒤에서 조장하는 이만이 그녀와 비등하거나 조금은 강할 수 있다는 것을 말이다.

*　　　　*　　　　*

"저곳인가?"

"그렇습니다."

"흐음, 풍요롭군."

"전략적으로도 상당한 요충지입니다."

"그런가?"

"그렇습니다."

"칼뤼베이우스 가문은?"

"이미 플랑드르의 북쪽인 콰드로스로 진입했을 것입니다."

"통신을 하지 않은 건가?"

"작전이 새어 나갈 수 있기에 1차 교두보를 마련하기 이전까지 통신을 제한하기로 했습니다."

"나쁘지 않은 선택이로군."

자신이 모르고 있었음에도 불구하고 별달리 수하를 탓하지 않은 자. 그들은 바로 플랑드르에 있는 용병들의 대지를 지상에서 소멸시킬 목적으로 투입된 엘리오스 가문의 제8염대의 염대장 마이클 키에사와 그의 책사 역할을 담당하고 있는 제1열장 아놀드 애들린이었다.

그들의 뒤로는 1백이 넘는 기사들과 1천이 조금 넘는 가병들이 날카로운 기세를 드러내며 도열해 있었다. 그런 그들을 뒤로하고 자신이 공략할 지역을 쏘아보고 있는 키에사 제8염대장.

그는 지금 상황이 솔직히 마음에 들지 않았다. 고작해야 용병들이 만든 집단을 공격하기 위해 플람베르 가문도 아닌 플랑드르 지역을 공략해야 한다는 것이 말이다. 아무리 제국의 황제에게 인정받았고, 귀족들이 인정했다 해도 근본조차 알지 못할 용병들이었다.

그런 용병들을 상대로 자신이 검을 휘둘러야 한다는 것이 마음에 들지 않았다. 그러하기에 퀸튼과 엘딘버러 쪽으로 향한 이들이 후속대의 지원을 받았음에도 불구하고 그것을 별로 문제 삼지 않았다.

'용병들쯤은 8염대 단독으로도 쓸어버릴 수 있으니.'

그는 그렇게 생각했다.

그러하기에 불만 속에서도 겉으로 표출하지 않고 맡은 바 임무를 충실하게 이행하려 하고 있었다. 하지만 여전히 속으로 불만스럽기는 마찬가지였다. 이 상황이야말로 소 잡는 칼로 닭을 잡는 꼴이었으니까 말이다.

"그래서 브룩스힐의 상황은?"

"출발하기 전과 다르지 않습니다."

"자세히."

"플랑드르를 점유하고 있는 용병들은 타 지역과는 조금 다른 체계를 가지고 있는데 각 지역에 영주가 아닌 영지관이 발령되고, 영지관은 오로지 행정 권한만 가지게 됩니다. 그와 별개로 경찰이 따로 있는데 그들이 해당 영지의 치안을 담당합니다."

"그것으로 끝인가?"

"아닙니다. 그리고 해당 영지를 지키는 군대가 있어 이 세 개의 권력은 서로의 범역을 침범할 수 없습니다."

"그래서?"

"현재 브룩스힐의 경찰은 500명으로 보고되었고, 군대 즉, 용병대는 3천으로 보고되었습니다."

"흠, 그들의 조직만 본다면 결단코 용병이라고 할 수 없겠 군."

"그렇습니다."

"브룩스힐의 주변 상황은?"

"이미 어느 정도 본가의 움직임을 알고 있는지 경찰과 용병 대가 하나가 되어 방어 준비를 마쳤다고 할 수 있습니다."

"쉽지 않다는 것인가?"

"지형상 절대 쉽지 않습니다."

"흐음."

애들린 제1열장의 말에 키에사 염대장은 말없이 전방을 바라봤다. 어둠 속에 잠겨 있는 브룩스힐은 휘황한 불로 밝혀져 있었다. 이 또한 타 지역과 전혀 다른 모습이었다. 보통의 영지는 지금 시간이라면 어둠 속에 잠겨져 있는 것이 정상이었 다.

하지만 브룩스힐은 달랐다.

안에서 무엇을 하고 있는지 이 먼 곳에서도 볼 수 있을 정도였다. 그리고 하나 더 하자면 이것은 하나의 마을이 아니었다. 하나의 성과 다르지 않았다. 물론 돌로 만들어진 성벽이 있거나 해자가 존재하지는 않았다.

하지만 고만고만한 주변을 완벽하게 살필 수 있는 언덕에 마을이 있었고, 마을까지 가는 길은 잘 닦여 있지만 곳곳에 장애물이 존재했다. 밝은 날이면 몰라도 어둠을 이용하는 밤에 움직이기에는 그리 쉽지 않은 지형임에는 분명했다.

더군다나 브룩스힐이라는 지명에서 알 수 있듯이 주변은 하천이 흐르고 평원이었으니 브룩스힐이 위치한 곳은 전략적으로 사방을 감제할 수 있는 곳임이 분명했다. 그렇게 자세하게 주변을 살펴보니 경시했던 마음이 살짝 사라짐을 느낄 수 있었다.

"게다가 저들은 마을과 마을을 연결하고 있습니다."

"그건……."

절대 있을 수 없는 일이었다. 마을이라는 것이 바로 옆에 있다고 해도 며칠 걸리는 거리에 있는데 말이다. 하지만 지금 바라보는 브룩스힐과 멀지 않은 곳으로 다시 또 다른 마을이 보였고, 그 마을과 연결된 길은 희미한 불로 밝혀져 있었다.

일반적인 성이나 영지와는 전혀 다른 모습이었다. 그래서 당황스럽다. 어떻게 저길 공략할지가 말이다. 사전에 이런 말은 없었다.

"어떻게 해야 저곳을 점령할 수 있겠나?"

"솔직히 상당히 곤혹스럽습니다."

"그래. 상당히 곤혹스럽군."

둘은 대화를 주고받으며 전방에 보이는 브룩스힐을 바라봤다. 도무지 방법이 없어 보였다. 한참을 브룩스힐을 바라보던 애들린 제1열장이 조심스럽게 입을 열었다.

"좌우의 연결 지점을 동시에 끊으면 어떻습니까?"

"동시에 말인가? 하지만 자칫 잘못하면 협공을 당할 수 있다."

"안다 하더라도 즉시 달려올 수는 없을 것입니다. 마을과 마을 간에 거리가 있으니 말입니다."

확실히 일정 간격으로 불이 있어 마을과 마을을 연결하는 길을 밝히고 있지만 마을 간의 거리는 상당해서 달려온다 해도 시간이 걸릴 가능성이 농후했다. 플랑드르 전체가 도시가 아닌 이상 아무리 불로 밝혔다고 해도 마을과 마을 간의 거리는 단번에 단축시킬 수 있을 정도가 아니었다.

"그리고 브룩스힐은 주변을 모두 감제할 수 있는 언덕진 곳에 위치해 있습니다. 만약 저기를 교두보로 삼는다면 차후 가문이 활동하는 데 많은 도움이 될 것이 분명합니다."

"흐음, 그렇군. 그렇다면……."

"좌익을 9열과 10열을 맡게 하고 우열을 7열과 8열이 그리고 중앙 점령을 1, 2, 3, 4열이 맡도록 하고 5, 6열은 만일의 사태를 대비함이 옳다 생각됩니다."

"옳다. 그대로 행하라."

"명을 받듭니다."

명이 전달되는 순간 엘리오스 가문의 제8엽대는 즉시 움직였다. 과연 가문의 정예라 불릴 만했다. 하지만 그들이 생각지 못한 일이 있었으니 바로 그런 그들의 모습을 단 하나도 빼놓지 않고 지켜보는 이들이 있다는 것이다.

그들은 바로 브룩스힐을 방어하고 있는 용병대였다. 그리고 그 용병대에 익숙한 모습이 보였으니 다름 아닌 제라르였다. 이미 그레이트 소드 마스터에 올라 밤과 낮의 구분이 없어진 지 오래인 그였다.

그가 보고자 한다면 브룩스힐의 좌우로 연결된 아득히 먼 마을까지 볼 수 있을 것이다. 그런 그의 시선을 피할 수 있는 존재는 이 세계에 얼마 되지 않을 것이다.

"허, 거참. 틀림이 없군."

그가 탄복했다.

바로 브라이언이 예측한 그대로 엘리오스 가문이 움직이고 있기 때문이었다. 탄복한 그는 고개를 좌우로 저었다.

"어쨌든 이래서 나보다 센 놈하고 머리 잘 굴리는 놈들을 적으로 돌리면 안 된다는 거지."

"무슨 말이우?"

"어? 아니다. 그냥 혼잣말이다."

"거참, 어디다 정신을 파고 있는 거유. 언제 적들이 올지 모르는 판국에."

"네놈이 날 가르치려 드는 거냐?"

"가르치기는 뭘 가르치려 드는 거유? 말이 그렇다는 거지."

"흰소리 말고 경계령을 특1급으로 올려."

"적이우?"

"특1급이면 뭐겠냐."

"알았수."

"아! 그리고 가는 길에 주변 마을에 전해. 냉큼 달리라고."

"아직 적이 보이지도 않수만."

"보일 때 출발하면 그놈들이 당도했을 때는 이미 끝났어."

"뭐 알겠수."

껄렁거리며 답을 하고 멀어져 가는 용병의 뒷모습을 보다 이내 어둠 속에서 움직이는 엘리오스 가문의 제8염대를 바라봤다. 그러다 문득 그는 희미한 미소를 떠올렸다.

"어서 와. 이런 곳은 처음일 게야."

그의 미소는 점점 더 섬뜩해졌다. 그의 곁에 있는 이들조차 섬뜩해할 정도로 말이다.

"아! 대장이 혹시 뭐 잘못 먹은 거 있냐?"

"그걸 내가 어떻게 아냐?"

"그런데 왜 저런데?"

"낸들 아냐?"

"아무래도 이상한데……."

"확실히 정상은 아닌데 그래도 어쩌냐."

은근한 귓속말을 주고받을 때 어둠 속을 지켜보고 있던 제라르의 시선이 그들에게로 휙 돌려졌다. 그에 뜨악하는 표정으로 딴청을 피우는 그들.

"할 일 없으면 무기나 닦아."

"알았수."

저지른 죄가 있었던지라 제라르의 말에 꼼짝없이 무기를 닦는 시늉이라도 해야 할 판이었다. 그때 그들을 살린 목소리가 있었으니.

"준비 끝났습니다."

"그래. 전부 은신한다."

"……."

대답은 없었다.

은밀함을 요하는 일에 우렁차게 대답을 할 필요는 없었다. 특히나 이런 밤이라면 바스락거리는 소리조차 멀리 전달될 터이니 말이다. 어떤 소리도 없이 어둠 속에 녹아들 즈음 브룩스힐을 향해 소리 없이 움직이는 이들이 있었다.

그들은 꿈에서조차 브룩스힐의 용병들이 자신들을 기다릴 줄은 몰랐다. 그도 그럴 것이 그들에게 있어 용병은 여전히 상대하기도 귀찮은 그런 저급하고 모래알처럼 흩어지는 존재일 뿐이었다.

그런 존재들이 자신들의 공격을 대비해서 작전을 구사할 것이라고는 상상조차 하지 못했다. 자신들은 언제나 우월한 존재였다. 하잘것없는 용병들과 비교조차 거부할 정도로 말이다. 자신들의 앞에 서면 귀족조차도 제멋대로 행동하지 못하는데 하물며 용병들 따위야 오죽하겠는가?

그런 면에서 브룩스힐을 향해 쇄도하는 엘리오스 가문의 제8염대의 염대원들 입가에는 잔인한 미소가 걸려 있었다.

'이번 기회에 확실하게 보여주마.'

'바로 너희들의 한계를 말이다.'

'천한 용병 놈 주제에 감히 네놈들만의 세력을 만들겠다고?'

'그래서 우리와 어깨를 나란히 하겠다고?'

'웃기는 놈들이구나.'

'어디서 이상한 종자 한 명이 나타나더니 제깟 놈들이 세상을 다 가진 듯 행동하는구나.'

'하지만 이제 알 것이다.'

'하늘은 높고 세상은 넓다는 것을 말이다.'

'하늘 위에 또 다른 하늘이 있음을 알려주마.'

이번 기회에 확실하게 알려주고 싶었다.

오르지 못할 나무는 쳐다보지 말라고.

송충이는 솔잎을 먹고 살아야 한다고 말이다.

그래서 그 본보기로 브룩스힐에서 용병 놈들의 씨를 말릴 작정이었다. 그들은 브룩스힐이 가까워질수록 무기의 손잡이를 꽉 움켜쥐었다. 그리고 마침내 브룩스힐이 공격권 내에 도달했다.

그들은 은밀하게 상급자의 명령을 기다렸고, 상급자는 지체 없이 명령을 내렸다.

'공격!'

은밀함을 요하는 일.

결코 소리를 낼 수 없었다.

소리를 지르지 않는다고 해서 별로 달라질 것은 없었다. 그들은 명령이 내려지는 그 순간 브룩스힐로 뛰어들었다.

한편 본대가 브룩스힐을 공격할 즈음 좌익을 담당하는 9열과 10열 역시 마을과 마을을 연결하는 각각의 초소를 공격해 들어갔다.

서걱! 서걱!

동시에 두 개의 소음이 들려왔다.

소음을 낸 9열의 기사들은 득의만만한 표정을 지어 보였다. 하지만 그들은 이내 인상을 찌푸릴 수밖에 없었다. 분명 감촉

이 있었다. 그래서 확신할 수 있었다. 그런데 아니었다. 자신들이 벤 것은 사람이 아닌 지푸라기에 헝겊을 걸쳐 놓은 인형일 뿐이었다.

기사가 다급하게 외쳤다.

"함정이다!"

하지만 이미 늦었다.

"커억!"

"저, 적이다!"

정예 가병들이 당황했다.

어떠한 상황에서도 침착함을 유지하도록 훈련받은 그들이지 않은가? 그런데 그러한 그들이 당황하여 절대 소리 내지 말았어야 할 상황에서 소리를 내버렸다. 기사의 시선이 초소 밖 어둠 속으로 향했다.

그곳에는 어둠 속임에도 불구하고 피 무지개가 피어오르고 있었다. 비명을 지르는 가병들이 여기저기에서 보였고, 그 짧은 순간에 무기를 고쳐 잡고 배후를 들이치는 이들에게 반격을 가하는 이들도 있었다.

하지만 완벽한 기습의 성공이라고, 고작해야 용병들이 무엇을 할 수 있을까라고 생각했던 용병들에게 반격을 당했다는 생각에 제대로 된 대처를 하지 못하고 엘리오스 가문 가병들의 손발이 어지러워졌다.

그에 반해 용병들의 움직임은 그야말로 조직적이었고, 정예병 못지않았다. 아니, 일부러 자신들의 특기인 난전을 유도하고 있는 것처럼 보였다. 그래서 가병들은 제대로 된 대응조차 하지 못하고 죽어가고 있었다.

"이놈드을!"

기사가 노호성을 터뜨리며 가병들을 주살하고 있는 용병들 중 유독 눈에 띄는 자를 향해 검을 휘두르며 달려들었다. 기사가 달려든 용병은 무기 없이 오로지 방패만 두 개를 이용하고 있는 특이한 용병이었다.

그럼에도 불구하고 그 방패를 든 용병은 다른 용병들보다 발군의 실력을 내보이고 있었다.

"죽어라!"

기사가 검을 내려쳤다.

엘리오스 가문의 염대장은 아니어도 열에 속한 기사라면 적어도 익스퍼트에 오른 자들이라 할 수 있었다. 익스퍼트가 아닌 이상 아무리 방패술이 뛰어나고 대단한 용병이라 할지라도 절대 그들의 검격을 막아낼 수 없는 게 당연했다.

하나.

카앙!

날카로운 소리와 함께 기사가 휘두른 검이 비껴났다. 기사는 놀라 빠르게 뒤로 물러났고, 또 다른 기사가 방패를 든 용병을 향해 펄션을 휘둘렀다. 하나 그 역시 허무하게 허공을 가를 뿐이었다.

기사들은 조금 더 신중해졌다.

자신들의 검을 막아내고 피했으니 최소한 방패만 든 용병은 자신들과 대등한 수준의 익스퍼트라는 걸 알았기 때문이었다. 그리고 그 와중에 그들은 놀라고 있었다. 단지 방패 두 개일 뿐이다. 어디에도 무기라고 생각할 수 있는 것은 존재하지 않았다.

찌르거나 베어도 비껴 막으며 검격을 흘렸고, 오히려 나머지 방패의 모서리로 공격해 들어왔다. 그 공격이 어찌나 날카로운지 검보다 더 무섭고 빨랐다. 기사들은 정신을 차릴 수 없었다. 지금까지 방패를 이렇게 다루는 자는 본 적이 없었다.

그래서일까?

초소를 공격하는 기사들의 눈에 가장 잘 띄는 자가 바로 이 방패를 다루는 용병이었다. 그에 자연스럽게 모든 기사가 방패를 다루는 용병에게 달라붙을 수밖에 없었다. 이 용병만 제거한다면 나머지 용병들은 쉽게 제거할 수 있겠다라는 생각에서 말이다.

하지만 그들은 잘못 생각하고 있었다. 그들이 방패를 든 용병에 집중하는 동안 엘리오스 가문의 가병들은 그야말로 박살 나고 있었다. 가병들은 정신을 차릴 수 없었다. 분명 자신들보다 많은 숫자가 아니었다.

아니, 오히려 더 적은 수였다. 경황이 없을 때는 몰랐으나 전투가 지속됨에 따라 상대방의 수를 확신할 수 있었다. 그런데 자신들에게 역공을 가한 용병들의 실력이 일반적으로 생각하는 그런 용병들의 실력이 아니었다.

강했다.

가문에서 고르고 고른 자신들보다 두 배는 더 강했다. 그것을 깨달은 그 순간 그들은 2인 1조가 되어 용병들을 상대했다. 하지만 용병들의 대응은 신속하고도 유연했다. 때로는 홀로, 때로는 둘이 교차로 돌아가며 가병들의 공격을 막아냈으며 오히려 이전보다 더 강력하게 가병들을 몰아붙였다.

"크억!"

결국 용병들의 맹공을 견디지 못한 가병이 비명을 지르며 죽음을 맞이했다. 홀로 남은 가병은 당황했지만 어찌할 방도는 없었다. 다른 가병과 합류하려 해도 교묘하게 합류를 방해하면서 절묘하게 공격해 들어왔다.

치아아앙!

검을 비껴 막았다.

하지만.

푸욱!

"꺼억!"

어느새 또 다른 검이 등 뒤로부터 삐죽하게 복부를 뚫고 나왔다. 가병은 잘게 떨리는 눈으로 자신의 복부를 바라봤고, 그 짧은 시간을 놓치지 않고 용병의 대검이 가병의 목을 베어냈다.

털썩.

또 한 구의 시체가 늘었다.

그리고 그 시체는 점점 더 늘어나고 있었다.

동시에

"크아아악!"

기사 중 한 명이 굉렬한 비명을 지르며 죽음을 맞이했다. 세 명의 기사가 달려들었음에도 불구하고 한 명의 용병을 당해내지 못했다. 결국 한 명의 기사가 목숨을 잃었다. 그에 남은 기사 두 명의 얼굴이 딱딱하게 굳어졌다.

상대할 수 있을 줄 알았다.

하지만 상대 용병은 자신들의 예측을 뛰어넘고 있었다. 이 용병은 일부러 자신들을 묶어둔 것이었다. 다른 용병들에게 피해가 가지 않도록 말이다. 그리고 상황이 완벽히 용병들 쪽으로 유리하게 변하자 지체 없이 살수를 쓴 것이었다.

"이익!"

자신들이 농락당했다는 생각에 분노한 기사가 방패로 앞을 가리며 길고 긴 플레일을 휘둘러 방패를 든 용병을 공격했다.

용병은 빠르게 두 개의 방패를 휘두른 뒤, 등에 메고 단 한 번도 풀지 않았던 방패를 집어 던졌다.

눈부시게 빠른 동작이고 물 흐르듯 자연스러운 행위였다. 그에 약점을 노리고 있던 기사는 화들짝 놀라 자신도 모르게 뒤로 물러나며 방패를 막아냈다.

카라라라랑!

원형으로 만들어진 방패에 둥글게 칼날을 달았는지 기사의 검에 부딪히며 북꽃을 생성해 냈다.

"크윽!"

방패를 막은 기사는 답답한 신음성을 흘렸다. 감당할 수 없는 힘이 물밀듯이 밀려들어 왔다. 한 손이 안 되자 손잡이를 두 손으로 잡고 막아냈다. 하지만 여전히 방패는 격렬하게 회전하며 기사를 향해 쇄도했다.

지직!

밀려나기 시작했다.

힘으로 미는 것도 아니거늘 그저 방패의 회전에 의해 기사가 밀려나고 있는 것이었다. 말로만 들었다면 믿지 못할 것이나 눈앞에서 벌어지고 있는 일이니 믿지 않을 도리가 없었다. 그 기사가 칼이 달린 방패와 씨름을 하는 동안 플레일을 든 기사는 절체절명의 위기를 맞이하고 있었다.

"끝내자."

지금까지 싸우면서 단 한 마디도 없던 용병의 입이 열렸다.

그 순간 기사는 자신의 생이 다할 것을 본능적으로 깨달았다.

'어쩌면 우리는 잠자는 드래곤을 건드린 것일지도.'

기사는 그런 생각이 들었다.

그때 그의 목을 파고드는 날카로운 방패.

서걱!

죽었다.

버티고 있던 기사의 얼굴이 경악으로 물들었고, 그 순간 방패를 막고 있던 대검이 얼음처럼 부서져 나가며 날카로운 방패의 칼날이 기사의 가슴을 난도질했다.

"커허억!"

그 기사 역시 죽음을 맞이했다.

그리고 초소의 전투는 그렇게 막을 내렸다.

모든 초소가 마찬가지였다.

그 어떤 엘리오스 가문의 기사도 가병도 초소를 벗어날 수 없었다.

CHAPTER 2

무너지는 칼뤼베이우스 가문과
엘리오스 가문

　전투는 브룩스힐에서만 벌어진 것은 아니었다. 플랑드르의 남동 방향으로 진출한 엘리오스 가문과 플랑드르의 북쪽으로 진입한 칼뤼베우스 가문까지 플랑드르의 남쪽에서부터 북쪽까지 전체적으로 전선이 형성되었다.

　하지만 그 어느 쪽에서도 칼뤼베이우스 가문과 엘리오스 가문의 승리를 했다는 소식은 들려오지 않았다. 아니, 그 방향에서 전해져 오는 소식은 완전히 단절되어 있었다. 그들은 자신들이 먼저 선제공격을 했고, 자신들이 플랑드르를 포위하고 있다고 생각했다.

하지만 철저하게 준비하고 오히려 그들을 드래곤의 아가리 속으로 빨려들게 한 것은 오히려 플랑드르를 장악하고 있는 용병들이라 할 수 있었다.

"어쩌면 우린… 잠자는 드래곤을 건드린 건지 모르겠구나."

전투가 벌어진 곳을 바라보며 엘리오스 가문의 제3염대장인 티아고 알베스는 나직하게 탄식과 같은 말을 할 뿐이었다. 전황은 아주 불리했다. 아니, 거의 일방적이라 해도 과언이 아닐 정도였다.

그렇게 자랑스럽게 여기던 엘리오스 가문의 열 개의 염대 중 네 개의 염대가 공격하고 있는 엘딘버러. 자신들이 공격하고 자신들이 기습했다고 생각했다. 하지만 상대는 이미 자신들의 전력에 대해 철저하게 준비하고 있었다.

자신들이 공격한 거점은 텅텅 비었고, 적의 간악한 계략임을 알고 물러서려는 그 순간 사방에서 용병들이 모습을 드러냈다. 그렇다 하더라도 자신들이 승리할 수 있을 것이라 생각했다. 용병은 아무리 강해도 용병일 뿐이니까.

하지만 아니었다.

적들은 강했다.

그냥 강한 정도가 아니라 마치 거대한 벽처럼, 세상을 뒤엎는 폭풍처럼 다가왔다.

"커어억!"

"흑!"

사방에서 비명 소리가 난무했다.

포위되었음에도 불구하고 용맹하게 맞섰던 칼뤼베이우스 가문의 제3, 4염대.

"저, 저게……."

그때 제3, 4염대를 후속하던 제7, 10염대의 염대장은 자신들도 모르게 입을 쩍 벌리며 놀랄 수밖에 없었다. 도저히 있을 수 없는 일이 자신들의 눈앞에서 일어나고 있었기 때문이었다.

"병력을……."

누군가 병력을 투입해야 한다고 입을 열었다.

하지만 제7, 10염대장은 얼굴을 딱딱하게 굳힌 채 고개를 저었다. 이제 시작이었다. 그런데 조금 어렵다고 해서 병력을 추가 투입한다면 가병들의 사기에 상당히 큰 영향을 끼친다는 것을 알기 때문이었다.

그리고 또 다른 측면에서 그들은 아직 용병들을 인정하지 않고 있었다.

'단지 조금 당황했을 뿐이다.'

'어려움은 있을지언정 패배는 없다.'

제7, 10염대장은 그렇게 생각했다.

자신들은 승리할 수 있다고. 어떻게 자신들의 공격을 알고 대비했지만 용병들과 자신들 사이엔 비교조차 할 수 없을 정도의 커다란 간격이 존재한다고 생각했다. 하지만 그런 그들의 생각은 그리 오래가지 않았다.

자신들은 전장에서 멀리 떨어져 있었다. 그들은 자신들의 승리가 확실하기에 그저 가벼운 마음으로 전투를 지켜볼 심산이었다. 지금도 그렇다. 조금 밀리는 감이 없지 않아 있지만 이내 회복할 것이라고 생각했다.

하지만 그들은 빠르게 자신의 생각을 수정하지 않을 수 없었다.

"너희들의 그 자존심 때문에 전멸당할 것이다."

그때 그들의 귓가로 들려오는 나직한 목소리에 그들은 그대로 굳어질 수밖에 없었다. 그들이 아무리 방심을 했다고는 하나 익스퍼트 중급에 이른 강자들이라 할 수 있었다. 또한 자신들을 따르는 기사들은 최하 익스퍼트 하급의 기사들이었고 말이다.

그 수많은 기사들의 이목을 속이고 자신들에게, 그것도 두 명에게 아주 정확히 목소리를 전달할 수 있다는 사실 자체가 그들을 경악에 빠지게 했다. 그리고 그들이 경악한 채 소리가 들려오는 쪽을 바라봤을 때 그들은 또 한 차례 놀라야만 했다.

'언제?'

차마 입 밖으로 소리를 내지는 못했지만 그들은 그야말로
혼비백산하고 있었다. 있을 수 없는 일이었다. 한두 명도 아니
고 무려 수십 수백의 용병들이 자신들의 바로 눈앞에, 아니,
자신들을 완벽하게 포위한 채로 살기등등하게 자신들을 바라
보고 있었다.

제7, 10엽대장은 자신도 모르게 주변을 훑어보았다.

자신들과 비슷한 숫자의 용병들이다.

"하룻강아지 범 무서운 줄 모른다더니."

그때 7엽대장인 조니 케이스가 나직하게 으르렁거렸다. 이
미 그의 뇌리에서는 고전을 하고 있는 3, 4엽대는 사라진 지
오래였다. 대신 그 자리를 차지하고 있는 것은 주체할 수 없
는 분노였다.

고작 용병들에게 위대한 엘리오스 가문의 기사와 가병이
놀림을 당하고 있는 것에만 집중할 수밖에 없었다.

왜냐하면.

'자존심이 상하니까.'

에퀘스의 성역의 5좌를 차지하고 있는 엘리오스 가문의 기
사들이고, 가병이었다. 웬만한 용병들은 자신들 앞에서 꼿꼿
하게 허리를 펼 수도 눈을 똑바로 뜰 수도 없었다. 그런데 그
런 존재인 용병들에게 자신들이 포위당하다니.

이게 도대체 무슨 일이란 말인가?

그래서 자존심이 상한 것이다. 그것도 아주 많이.

현재를 인정하고 헤쳐 나가기보다는 극도의 분노가 치솟아 올랐다.

이럴 수는 없는 법이다.

아무리 에퀘스의 성역의 5좌에 위치해 있지만 그것은 그야 말로 종이 한 장 차이일 뿐이었다. 그런데 고작해야 용병들에 게 포위당하다니.

제7, 10연대장은 오료지 그것에만 초점을 맞췄다. 그들은 이때까지도 자신들이 패배한다는 생각은 하지 못하고 있었다. 그런 그들을 바라보며 얀센은 헛웃음을 지었다.

'고정관념이란 이렇게나 무서운 것이로군.'

그는 솔직히 믿지 못했다.

용병들의 대지가 생겼고, 용병왕이 탄생했다.

짧은 기간이지만 그 누구도, 그 어떤 세력도 무시할 수 없 을 정도의 세력으로 성장한 용병이었다. 그럴 수 있었던 이유 는, 알게 모르게 용병들은 용병왕이 탄생하길 그리고 용병들 만의 세력이 모습을 드러내길 기다리고 있었기 때문이었다.

그리고 모든 불만을 단숨에 제거할 수 있는 강력한 용병왕 의 존재에 의해 용병들은 빠르게 하나가 되었고, 강력한 세력 으로 발돋움했다. 하지만 기존의 세력들, 즉 귀족들이나 에퀘 스의 성역, 그리고 바벨의 탑은 그런 용병들의 변화에 적응하지 못하고 있었다.

수천 년 동안 용병들은 그렇게 존재해 왔기 때문이었다. 용병들의 무서움을 알기에, 아니, 그들이 하나가 되면 귀찮아질 것이 뻔하기에 언제나 그들을 견제하고, 하나가 되지 않게 하기 위해 방해 공작을 펼치곤 했다.

하지만 이번에는 달랐다.

그들의 견제와 방해 공작을 물리치고 용병들이 하나가 되었다. 비록 제이니스 제국에 한한 것이지만 그것은 그저 아직 알려지지 않았기 때문이지 결코 이 세계를 유지하는 세 세력의 방해 공작에 의한 것이 아니었다.

그 와중에 귀족들은 발 빠르게 현 상황에 대처했다. 그들은 황성에서 용병왕의 활약을 직접 보았으니까. 적어도 참석하지 않았어도 누구보다 빠르게 그 모든 것을 들을 수 있었고, 확인할 수 있었으니까.

그리고 결정적으로 그들의 정점에 서 있는 황제가 용병왕을 인정하고 용병들만의 대지를 인정했으니까. 하지만 에퀘스의 성역과 바벨의 탑은 달랐다. 아무리 빨라도 귀족들보다 빠를 수는 없었다.

그리고 그들의 자존심은 오히려 귀족들을 능가하고 있었으니 어쩌면 당연한 것일지도 몰랐다. 아론은 그런 그들의 맹점을 비수처럼 파고들었다. 그럼으로써 아론은 철저하게 명분보다 실리를 취했다.

명성은 승리를 하면 당연히 뒤따라오는 것이었다. 용병들에게 비겁하다느니 혹은 기사도니 하는 것을 들먹일 수는 없었다. 그런 것을 들먹인다면 지금까지 자신들이 그토록 비하하던 용병들을 인정하는 꼴이니 이러지도 저러지도 못하는 상황이었다.

그래서 오히려 그들은 더욱더 용병들을 몰아세우는 것인지도 몰랐다. 자신들의 자존심에 상처 입지 않기 위해서 말이다. 하지만 아론은 그렇게 멍청하지 않았다. 자신들을 얕보면 얕볼수록 용병들은 더 강해지고 경험은 더욱더 풍부해질 것이다.

'형님이 있는 한 용병들은 결코 패배하지 않을 것이다.'

확고하게 생각을 마친 얀센은 어깨에 척 걸치고 있던 할버드를 비스듬하게 내렸다. 준비가 끝났음을 알리는 것이리라. 그에 제7, 10열대장 역시 직감적으로 전투에 돌입할 것임을 깨닫고 기사들과 가병들에게 신호를 보냈다.

그에 기사들과 가병들 역시 준비를 취했다. 그들은 지금 이 순간에도 승리는 오로지 자신들의 몫이라고 생각하고 있었다. 포위당했음에도 불구하고 그들은 전혀 걱정하지 않았다. 어떻게 보면 자신감이라 할 수 있었다.

하나 가끔은 그 자신감이 자만심으로 비춰질 때가 있다.

얀센이 보았을 때 이들은 자신감이 아닌 자만심으로 비춰지고 있었다. 상대방을 제대로 파악하지 못하고, 파악했다 하더라도 스스로 파악한 그 모든 사실을 외면하고 마는 그런 자만심 말이다.

"쳐라!"

먼저 공격을 명한 것은 바로 엘리오스 가문의 제7염대장이었다.

"와아아~"

"죽여라!"

"본때를 보여주자!"

공격 명령이 떨어지자 엘리오스 가문의 기사들과 가병들은 용기백배하여 일점으로 달려 나가기 시작했다. 사방으로 달려 나갈 필요도 없었다. 용병들이든, 기사든, 정예병이든 간에 지휘자가 사라지면 끝이니까 말이다.

자만심이 가득한 가운데에서도 그들은 아직 그것을 잊어버리지 않고 있었다. 그들이 그저 보기에도 전면에 나타나 할버드를 비껴 든 채, 오만하게 자신들을 내려다보고 있는 용병이 가장 강해 보였으니까 말이다.

얀센은 그들을 무심하게 바라봤다. 그리고 서늘한 미소를 떠올렸다.

"자만심에 대한 대가를 치러야 할 것이다."

저벅!

그는 명령을 내리지 않았다.

그저 한 걸음 앞으로 내디딜 뿐이었다.

그리고 그것이 신호가 되어 용병들 역시 엘리오스 가문의 기사들과 가병들을 향해 함성을 지르며 내달렸다.

*　　　　*　　　　*

"브룩스힐, 엘딘버러, 퀸튼 모두 접전에 들어갔습니다."

"예상은?"

"수월할 것으로 판단됩니다."

"이후의 작전은?"

"이미 하달한 상태입니다."

"뭐, 어련히 잘 알아서 하겠지."

아론은 멀리 콰드로스로 진입하는 넓은 붉은 평야를 바라봤다. 붉은 평야란 넓디넓은 평야에 커다란 나무는 존재하지 않고, 특유의 붉은 토질 덕분에 멀리서 보면 온통 시뻘개 보여서 그렇게 이름 지어진 평야였다.

하지만 아는 사람은 다 알고 있었다. 콰드로스로 진입하는 붉은 평야가 토질 때문에 붉어 보이는 것이 아니라 평야를 온통 붉게 물들인 이유는 그곳에 노천 철광이 존재하기 때문이라는 것을 말이다.

그래서 칼뤼베이우스 가문은 전격적으로 콰드로스로 진출한 것이었다. 칼뤼베이우스 가문이 필요한 것은 철광석. 엘리오스 가문이 필요한 것은 양모. 그래서 그들은 플랑드르의 북쪽과 남동쪽으로 진출한 것이었다.

'전쟁은 정치의 수단이라고 했던가?'

아론은 이 세상에 존재하지 않은 지식으로 지금의 상황을 그렇게 평가했다. 결국 현대든 과거든 간에 전쟁은 명분으로 시작한다. 그 명분으로 그들이 바라는 이익을 가리는 것이다. 기사들은 자신들을 모욕했다는 명분을 들어 용병들을, 혹은 에퀘스의 성역을 분할시키고 있었다.

"준비는?"

"뭐, 준비랄 것까지 있겠습니까?"

"뭐, 그렇긴 하지. 언제부터 머리를 써서 싸웠다고……."

아론의 말에 어색한 미소를 떠올리는 이는 여우 꼬리라는 별명이 붙은 위크닉이었다. 그는 제국의 열 개의 용병단 중 마스터에 오른 실력을 가졌고 여우처럼 꾀가 많다 하여 여우 꼬리라는 별명까지 붙은 자였다.

그저 단순하게 행동하는 것 같아도 그의 행동 하나하나에는 모두 의미가 담겨져 있었기에 서열 3위였지만 그를 무시할 수 있는 용병들은 아무도 없었다.

이미 용병왕 아론은 제국의 열 개 용병단을 하나로 흡수한 상태였다.

물론 그에 반발해 합류하지 않은 용병단도 있지만 열 개 중 이미 전멸한 레드 스컬 용병단과 반기를 들어 풍비박산이 나 버린 아이언 마스크 용병단을 제외하고는 모두 임페리움 용병단에 합류한 것은 사실이었다.

그중 아론의 행동에 감탄하여 가장 먼저 머리를 숙인 자가 있으니, 바로 폭스 테일의 위크닉이었다. 그의 원래 주 활동 무대는 스프링힐이었지만 그는 용병단 전체를 플랑드르로 이동시켜 버렸다.

그는 아론의 의도를 읽은 것이었다.

그의 강함과 자신으로서는 상상조차 할 수 없을 정도로 멀리 내다보고 있는 행동에 감탄헤서 다른 용병단들이 망실일 때 주저 없이 아론의 휘하로 복속되었다. 그래봐야 강철 해골 용병단보다는 늦었지만.

하지만 그렇다고 해서 그의 중요도가 낮아진 것은 아니었다. 용병이 정통적으로 머리를 쓰는 것에 약한 직업이기 때문이었다. 그래서 마스터에 올라 있으면서도 폭스 테일이라는 용병단의 이름과 그것이 단장의 호칭이 되는 경우는 지극히 드물다고 할 수 있었다.

그는 강철 해골 단장보다 늦게 합류했지만 오히려 그보다 더 효용도가 높았다.

그러다 문득 그의 뒤에서 누군가 귓속말로 그에게 무언가를 전했다. 그에 고개를 끄덕인 그가 아론에게 보고했다.

"플람베르 가문의 길버트 플람베르 소가주님의 전언입니다."

"준비 끝났다고?"

"예. 뭐⋯⋯."

"그럼 우리도 시작해야 하겠군."

"준비시킵니까?"

"준비한 게 있긴 있어?"

그에 슬쩍 입꼬리를 말아 올린 위크닉이 입을 열었다.

"저들은 십중팔구 우리를 포위 섬멸할 생각일 겁니다."

"그렇겠지. 이미 정보를 흘렸을 테니까."

그에 어색하게 웃는 위크닉.

실은 이곳으로 오기 전에 위크닉은 이미 용병왕이 참전한다고 소문을 은밀하게 흘렸다. 대략적인 용병들의 수까지 말이다. 용병왕을 미끼로 삼은 것이었다. 그리고 칼뤼베이우스 가문은 그 미끼를 덥석 물었다.

칼뤼베이우스 가문의 절반에 가까운 다섯 개의 철기대를 이곳으로 투입시킨 것이었다. 가문을 지탱하는 절반의 힘을 투사시켰다. 그들은 그것으로 확신하고 있었다. 용병왕을 사로잡고 그것을 빌미로 플랑드르를 통째로 삼킬 수 있다는 것을 말이다.

그래서 아론이 제안했다.

"이참에 힘을 보여줘야겠군."

"설마 어떤 계략도 없이 저들을 친다는 말씀입니까? 피해 없이 저들을 완벽하게 제압할 수 있는 절호의 기회인데 말입니다."

"물론 나도 알고 있어."

"그런데 왜?"

"용병들은 단순 무식하지."

"그야, 뭐……."

"가끔은 머리를 써서 승리를 거머쥐는 것보다 압도적인 힘으로 승리를 거머쥐는 것이 그들을 규합하는 데 더 수월할 수 있지."

"하지만 저들은 칼뤼베이우스 가문의 절반입니다."

"그렇다면 더 좋은 기회로군."

"……."

아론의 말에 마른침을 삼키는 위크닉이었다. 모든 것이 자신의 계획대로 흘러가는 듯싶었다. 그래서 만족하고 있었다. 다른 용병들과 다르게 아론은 자신의 의견을 충분히 들어주고 있었기 때문이었다.

이해할 수 없다는 표정을 짓는 위크닉을 보며 아론이 다시 입을 열었다.

"피해는 없을 것이야."

"그건……."

"아직 자네는 우리의 전력을 다 파악 못 하지 않았는가?"

"그야……."

그럴 수밖에 없었다.

자신이 인정받고 있다고는 하지만 용병왕 휘하의 임페리움 용병단에 입단한 것은 불과 얼마 지나지 않았으니까 말이다. 물론 임페리움 용병단의 실력은 어느 정도 인정했다. 그 이유는 처음 용병단의 훈련을 보고, 경험하면서 정리된 사항이었다.

'이 정도면 충분히 한 세력을 이끌고, 버틸 만하구나.'

그는 그렇게 생각했다.

하지만 아무리 그렇다 하더라도 신생 용병단이 제국의 역사와 함께하는, 또 에퀘스 성역의 한자리를 차지하고 있는 칼뤼베이우스 가문과 어깨를 나란히 하기에는 조금 난점이 있다고 생각했다.

'내가 보지 못한 것이 아직 많은 건가? 아니면 아직 나에게 감추는 것이 있다는 말인가?'

곤혹스러운 표정을 짓는 위크닉. 그런 위크닉의 마음을 들여다보기라도 하듯 아론이 입을 열었다.

"자네는 충분히 똑똑하지."

"그야, 뭐……."

"하지만 아무리 그런 자네라도 임페리움 용병단을 한눈에 보고 모든 것을 파악했다고 자신하는 것은 잘못됐다고 말하고 싶군."

"그건, 헛험!"

아론의 말에 자신의 심중을 들킨 듯 헛기침을 하는 워크닉. 하지만 아론의 독설은 거기에서 그치지 않았다.

"바로 그것이 똑똑한 사람들의 맹점이네."

"그게 무슨……."

"세상의 모든 것을 안다는 자신감 말이야."

"아!"

"자네는 분명 똑똑하지. 하지만 가슴 깊이 새겨야 할 또 하나의 사실은 세상에 자네만큼 똑똑한 사람도 많다는 게지."

"그건……."

"그리고 한 부분을 봤다고 해서 마치 전체를 평가할 수 있다는 듯이 생각하는 것은 옳지 않은 태도야. 물론 자네 나름대로 임페리움 용병단에 대한 것을 파악했겠지만 말이지. 하지만 여기서도 또 하나 간과한 점은 그 모든 사실이 과연 사실이냐는 것이겠지."

"그 정도는 충분히 파악할 수 있습니다."

"정말 그런가? 그러면 하나 묻지."

"시험이 아니라면."

"시험은 아니야. 묻지. 지금 자네가 보는 나의 경지는 어떠한가?"

"그건……."

함부로 말을 할 수 없었다.

'내가 판단하기로 용병왕님은 그랜드 마스터보다 한 단계 위인 인피니티 소드 마스터이다. 그런데…….'

잠깐 망설일 수밖에 없었다.

그가 망설인 이유는 단 하나였다.

바로 그의 정인으로 알려져 있고, 과거 쿠테란 마을의 수장이었던 유리피네스라는 존재 때문이었다.

'그녀는 분명 그랜드 마스터이다. 8서클의 현자이고 말이다. 그렇다는 것은 그녀의 진실한 실력은 이미 인피니티 소드 마스터와 동등하다. 아니, 어쩌면 그녀가 하이 엘프인 것을 감안하면 인피니티 소드 마스터조차 한 수 접어야 할지도 모를 일이다.'

그랬다.

그녀의 존재.

바로 그녀의 존재로 인해 아론에 대한 평가를 미룰 수밖에 없었다.

"나는 그에 비하면 반딧불과 다르지 않다."

"그 정도입니까?"

"솔직히 반딧불조차도 밝게 말한 것일지도."

언젠가 그녀가 홀리듯이 말한 것을 위크닉은 분명히 기억하고 있었다. 세상을 오시할 수 있는 유리피네스 부단장이었다. 그러한 그녀조차도 아론에 대한 평가에 있어서는 자신을 반딧불보다 못한 존재라고 말했다.

'대체 어떻게 평가해야 하는가?'

아론은 말없이 위크닉이 결론을 내리도록 지켜볼 뿐이었다. 그러다 문득 그의 어깨를 툭툭 두드렸고, 그제야 위크닉은 자신만의 생각에서 벗어나 현실로 돌아왔다.

"지금은 현실에 집중하도록 하지."

"아! 죄송합니다."

그에 슬쩍 입꼬리를 말아 올린 아론이 입을 열었다.

"자네도 용병이기에 알겠지만 용병은 강함에 대한 맹목적인 목마름을 간직하고 있네. 그 이유는 용병이라는 것이 생성될 때부터 용병은 언제나 무시받고 천대받았기 때문이지. 그래서 그 누구도 비웃을 수 없는 강력함으로 그 모든 것을 누르고 싶은 욕망을 가지고 있지."

"인정하기 싫지만, 인정하지 않을 수 없군요."

"그래. 그래서 자네가 용병들 중에서 수위를 차지하는 실력을 가지고 있음에도 첫 번째의 자리를 차지하지 못한 이유이니까."

"그… 렇군요."

어쨌든 그는 이제 이유를 알 수 있었다. 이번 회전에서 어떤 작전도 없이 오로지 힘으로 칼뤼베이우스 가문의 절반에 해당하는 병력을 상대로 승리해야 하는 이유를 말이다.

그 이유는.

'저간에 퍼진 용병왕에 대한 소문과 인정 때문이겠지.'

귀족이 인정했다고 용병들이 인정한 것은 아니다. 워낙에 많은 용병인지라 그 의견이 하나로 통일되지 못한다. 그러함에도 아론은 용병왕이라는 이름하에 그들을 하나로 묶었다. 그렇지만 모두가 인정한 건 분명 아닐 것이다.

아론은 인정하지 못한 그들까지 끌어들이고 싶었다. 그리고 용병들을 진정으로 하나로 만들고 싶었다. 새로운 용병을 위해서 말이다. 누구도 무시하지 못할 용병들을 위해서.

당대에서뿐만 아니라 자신의 후대에 이르러서도 결코 모래알처럼 흩어지지 않는 용병들을 만들기 위해서 말이다. 지금 그는 여유로워 보이지만 그의 속내는 다급하고 또 다급할 것이다. 인간의 수명이란 한계가 있는 법이니 말이다.

그래서 희생이 따르더라도 강력한 힘을 보여줘야 할 때였다. 그것을 깨달은 위크닉은 아론의 생각에 절로 머리를 숙일 수밖에 없었다.

"제가 어리석었군요."

"알았으면 됐어. 알아도 깨닫지 못하고 자신만의 세상에 빠져 헤어 나오지 못한 사람이 너무나도 많지. 그런 면에서 자네는 상당히 유연하다고 할 수 있어."

"그거… 칭찬입니까?"

"칭찬 맞아."

"고마워해야 합니까?"

"무슨 고맙기까지야. 그냥 언제나 그렇게 살아가라는 말이야. 나 아닌 타인의 생각을 받아들이고 자신의 잘못이라면 바꿀 수 있는 유연한 생각을 가지란 말이지."

"어려운 주문을 하시는군요."

"쉬우면 자네를 앞에 두고 이렇게 연설을 하지도 않았겠지."

아론의 말에 고개를 끄덕이는 위크닉. 그는 진심으로 당대가 아닌 자신의 후대를 생각하는 아론의 마음을 느낄 수 있었다.

"뼈에 새기겠습니다."

"그래. 뼈에도 새기고, 근육에도 새기고, 창자에도 새겨서 절대 잊어먹지 마. 언제나 자만을 경계하고."

"예, 예."

건성으로 말을 하는 아론. 하지만 절대 건성으로 들을 수 없는 말이었다.

"이제 움직일 때가 됐군. 생각은 그만하고 행동으로 옮기자고."

"알겠습니다."

아론이 선두에 서서 말을 몰았다.

대다수의 용병은 말이 없었다.

일반 병사들처럼 맨몸으로 내달렸다. 하지만 그들은 말보다 빠르고 기민했다. 위크닉은 뒤를 돌아보며 믿음직스러움에 절로 미소를 떠올렸다. 누구에게도 질 것 같은 생각이 들지 않았다.

'어쩌면 이 방법이 지금에 있어서 가장 적절한 방법일지도.'

그는 그리 생각했다.

물론 피해는 입을 것이다.

하지만 피를 흘리지 않고는 인정받을 수도, 혹은 자유를 가져올 수도, 지킬 수도 없다는 것을 너무나도 잘 알고 있었다. 피를 흘리지 않고 승리하면 좋겠지만 당대에 그런 방법은 없었다.

'힘과 피가 난무하는 야만의 시대이고, 용병들의 기반은 이제 막 생성되었으니까.'

용병들이 전진해 나갔다.

그 와중에 아론은 말을 모는 게 귀찮았던지 말 등을 박차고 올라 가장 선두에서 무섭게 돌진해 갔다.

그런 용병들을 보며 비릿한 비웃음을 날리는 이들이 있었으니 바로 칼뤼베이우스 가문의 기사들과 가병들이었다.

그들은 그들 나름대로 자신감이 충만했다.

이유는 무려 가문의 절반에 가까운 병력 때문이었고, 자신들은 대칼뤼베이우스 가문의 정예들이었기 때문이었다. 어디서 듣도 보도 못한 잡놈들이 용병왕이라 사칭한 놈의 아래에 모였다고 하지만 그것뿐이었다.

그 누구든 자신들의 힘 앞에서는 무력할 수밖에 없다. 자신들은 그런 힘을 가지고 있으니 말이다.

제1철좌인 사일슨 그라카스가 검을 뽑아 앞을 가리켰다. 그에 모든 기사와 가병들이 소리 없이 앞으로 내달렸다. 이들은 귀족들의 군대가 아니었다. 에퀘스의 성역의 정예 중의 정예였다.

그들은 어떻게 싸우는 것이 가장 효율적인지 너무나도 잘 알고 있었다. 그렇다고 해서 이들의 기세가 흉험하지 않은 것은 절대 아니었다. 용병들을 향해 쇄도하는 그들의 기세는 흉험하기 그지없어 알 수 없는 아지랑이가 피어오르고 있었다.

용병들, 그리고 칼뤼베이우스 가문의 기사와 가병들이 내뿜는 기세에 붉은 평야는 질식할 것만 같은 살기가 넘실거렸다.

그리고 두 집단이 부딪혔다.

1철좌에서 5철좌 그리고 그들을 따르는 기사들이 아론에게 집중되었다. 그들은 방심하지 않고 철저하게 준비하고 있었던 것이다. 그래서 그들은 자신감이 있었다. 그리고 그런 자신감 뒤에는 또 다른 것을 내포하고 있었다.

'고통스러운 기억이지만 가문을 위해서라면 고통이라 할 수 없지.'

'그것으로 인해 우리들은 더욱더 강해졌으니까.'

1에서 10철좌까지 대부분의 철좌는 상급 내지 최상급의 기사들이었다. 하지만 지금 현재 그들은 소드 마스터에 올라 있었다. 붉게 빛나던 그들의 오러는 검푸른색으로 물들어 일렁거리고 있었다.

자신들의 휘하에 있는 1백 명의 기사들 역시 다르지 않았다. 전원이 익스퍼트의 기사였으나 그들의 원대한 목표는 겨우 익스퍼트의 기사에 올라서는 걸로 도달할 수 없었다. 더욱더 강해져야만 했다.

그래서 그들 역시 강해졌다.

차마 필설로서 설명할 수조차 없을 정도의 고통을 인내하면서 말이다. 덕분에 이들은 헬름을 벗을 수 없었다. 이유는 눈 주변이 검게 물들면서 피부가 가뭄 날 바닥을 드러낸 호수처럼 쩍쩍 갈라졌기 때문이었다.

그 색이 짙으면 짙을수록, 그 균열이 깊으면 깊을수록 기사들의 힘은 강해졌다. 비록 헬름을 벗을 수는 없었지만 가문을 위해 고통을 감내하는 것은 기문을 지탱하는 기사로서 영광이라 할 수 있었다.

'그랬던 거로군. 그래서 자신 있게 나섰던 거야.'

아론은 그들의 내면을 꿰뚫어 보면서 고개를 끄덕였다. 그를 향해 쇄도하는 기사들만 해도 거의 1백에 해당했다. 오로지 그 한 명을 상대하기 위해서 말이다. 많은 전술적인 손해를 감안하고서라도 반드시 자신을 죽이겠다는 칼뤼베이우스 가문의 각오가 전달되는 듯싶었다.

'하지만 아직도 나를 다 파악한 것은 아니다.'

그들은 아론을 그저 그랜드 소드 마스터쯤으로 생각하고 있을 것이다. 그리고 이 회전이 끝이 나면 그들은 다시 자신의 생각이 틀렸다는 걸 인지하고 자신들의 실력을 한 단계 상향시킬 것이다.

인피니티 소드 마스터로 말이다.

그리고 이들을 배후에서 조종하는 마탑 역시 자신을 최종적으로 인피티니 소드 마스터로 결론을 내릴 것이다. 그 이상은 이전에도 없었고, 이후에도 없었으니까 말이다. 신화시대나 고대 시대에도 없었던 경지를 후퇴할 대로 후퇴한 지금의 시대에 다시 모습을 드러내지는 않을 테니까.

그리고 제국을 피의 소용돌이 속으로 몰아넣은 배후자는 득의만만한 웃음을 지을 것이다. 이로써 자신이 우세하다고 말이다.

하지만 그 또한 아론의 의도였다. 제국을 몬스터로 침공하고, 에퀘스의 성역을 분열시켰음에도 모습을 드러내지 않고 꼭꼭 숨어 있는 그를 이끌어 내기 위한 의도 말이다.

상대는 완벽해질 때까지 기다리고 있었다. 그때까지 절대 모습을 드러내지 않을 것이다. 그래서 완벽해지면 모습을 드러내 단숨에 모든 것을 집어삼킬 것이다. 아론은 그 순간을 기다리고 있었다.

덫을 놓으면서 말이다.

'원래 끝판왕은 꼭 맨 마지막에 등장하더라고.'

아론은 고개를 끄덕이며 자신을 포위하고 있는 1백여 명의 기사들을 바라봤다. 압도적일 필요는 없었다. 어쩌면 겨우겨우 이들을 잡아내야 할지도 몰랐다.

상대가 숨긴다면 자신 역시 숨겨야 하지 않을까? 상대가 생각하는 만큼만 보여주면 된다. 그 이상도 그 이하도 필요 없다. 그 이하든 이상이든 숨어서 자신을 지켜보는 존재는 의심하고 경계할 테니까 말이다.

그 경계심을 풀어야만 했다.

여기서 자신이 부상당할 필요도 없다.

'적당하게 힘들고 적당하게 부상을 입을… 필요가 없잖아? 적당하게 힘들어야 그놈도 호승심을 느낄 테니까. 내 몸 아파가면서 꼬실 필요까지는 없지, 뭐.'

중도한 순간 아론은 너무나도 평화롭게 다짐을 하고 있었다. 지금의 상황과는 전혀 상관없다는 듯이 말이다.

"드디어 네놈을 만나는구나."

"내가 꽤 유명한 모양이지?"

"유명하다 뿐인가?"

"그건 좀 나쁘지 않군."

유명하다는 말에 기쁘다는 듯이 말을 하는 아론. 그에 말을 걸었던 제1철좌 그라카스가 입술을 일그러뜨렸다. 자신들을 눈앞에 두고도 너무나도 평온한 아론의 모습 때문이었다.

무려 1백 명이었다. 그런데 그 1백 명에게 둘러싸여 있는데도 불구하고 그는 눈 하나 깜빡이지 않았고, 오히려 농담하듯이 대답을 하고 있었다.

'우리를……'

'얕보는 것인가?'

'허어~ 어쩌다가.'

'고작해야 용병 따위에게 얕보이다니.'

'이렇게 비참할 때가……'

다섯 명의 철좌들은 딱딱하게 안색을 굳혔다. 자신들이 무시당했다고 생각하는 게 분명했다. 동시에 그들의 살기가 아론에게 집중되었다. 하나 아론은 태연자약할 뿐이었다.

"그런데 언제까지 그렇게 눈을 부라리고 있을 건가?"

"뭐라?"

"아니, 그렇게 크지 않은 눈을 그렇게 튀어나올 듯이 부릅뜨고 있으면 눈 아프지 않냐고."

"네놈이 감히……!"

그에 아론의 고개가 삐딱하게 '감히'라는 말을 내뱉은 자에게로 향했다.

"너 나 아냐?"

"뭐라?"

"너 내 나이 아냐고? 머리에 피도 안 마른 놈의 새끼가. 아무한테나 이놈 저놈 하는 거 아니다."

"이, 이놈이……."

그에 아론은 뭔가 알겠다는 듯이 자신의 머리를 두드리며 입을 열었다.

"아! 맞다. 머리에 피가 마르면 죽지? 어쨌든 나보다 나이도 많아 보이지 않는데 이놈 저놈 하지 말지? 아무리 그래도 난 황제에게 인정받은 용병왕이거든? 왕 말이야, 왕. 네놈이 이놈 저놈 하는 사람이 왕이란 말이다."

"흥! 용병왕 따위……"

"…라고 하면 아마 황제가 움직일지도 모를걸? 황제는 분명히 나에게 공왕에 준하여 대하라는 칙령을 내렸으니까 말이야. 안 그래?"

"죽은 자는 말이 없는 법이지."

그때 1철좌가 나직하게 으르렁거렸다. 그에 아론은 히죽 웃으며 허공을 가리켰다.

"보이냐?"

"……?"

그에 다섯 명의 철좌는 무슨 말인지 몰라 아론이 가리킨 하늘을 바라봤다. 그때 까마득한 하늘 한 곳에 까만 점이 점점 확대되더니 마침내 아론의 곁에서 둥실 떠 있었다. 그러자 그것을 알아본 그라카스 1철좌가 얼굴을 일그러뜨렸다.

그런 그라카스 1철좌를 바라본 아론이 느물거리면서 입을 열었다.

"뭔시 아나 보네?"

"어떻게 마탑에서나 볼 수 있는……."

"것이 여기 있느냐고? 몰랐나? 임페리움 용병단은 쿠테란 마을의 이종족 용병단을 흡수했다는 것을 말이다."

"그건……."

모를 리 없다.

수가 적을 뿐.

실제 인간들보다 강력함을 지닌 쿠테란 마을의 이종족 용병들이었다. 그들이 강력한 것은 신체적으로 우월한 것도 우월한 것이지만 인간보다 몇십 배에 달하는 마나 감응력 때문이었다. 때문에 그들은 인간보다 훨씬 빠르게 마스터가 되었고, 더 강력한 마법사가 되었다.

그래서 일반 용병단에서는 잘 보이지 않은 마법사들이 상당수 포함되어 있었다. 만약 그들이 이종족이 아니었다면 인간 세계에서 그들만의 마탑을 하나 세웠을지도 모를 정도였다. 그들을 잠시 잊고 있었다.

드러나지 않았기에 말이다.

그런데 이렇게 비수가 되어 자신들에게 돌아오고 있었다.

"이, 이… 비겁한……!"

"이런, 이런. 이봐, 난 용병이야. 용병에게 비겁하다는 말은 어울리지 않지. 너희 기사들에 대한 잣대를 용병에게 적용한다는 것은 우리 용병을 인정한다는 말인가?"

"말도 안 되는 소리!"

"그래. 그러니까 비겁하다는 소리는 하지 마. 나도 너희같이 썩어빠진 놈들과 같은 선상에 서고 싶은 생각은 없어."

아론의 말에 붉으락푸르락해지는 기사들. 그들은 심한 모욕감을 느끼고 있었다. 고작해야 하찮기 그지없는 용병 놈에게 농락을 당하고 있었다. 그것도 자신들이 인정하고 있지도 않은 용병왕이란 놈에게 말이다.

그런 놈에게 자신들은 철저하게 무시당하고 있었다. 그래서 더 비참했다. 그런 그들을 보며 희죽 웃은 아론이 다시 입을 열었다.

"그런데 걱정하지 마. 겨우 이런 것 따위에 의지해서 너희들과 싸우고 싶은 마음은 없으니까."

그러고는 옆에서 빛을 발하고 있던 구슬을 다시 하늘 높이 날려 보내는 아론.

"그 말……."

"속고만 살았나. 하긴 뭐, 너희들 입장에서는 하잘것없는 용병의 말을 믿을 수 없겠지. 하지만 말이야, 아무리 하잘것없어도 마스터로서의 말은 믿을 수 있겠지."

아론의 말에 그들은 고개를 끄덕였다.

용병으로서는 믿을 수 없으나 마스터로서의 다짐은 믿을 수 있었다. 어쨌거나 마스터는 한 부분에서 일가를 이룬 사람이기 때문에 그런 사람을 믿지 않으면 도대체 누구를 믿을 수 있단 말인가?

"그 말, 믿겠다."

"그래, 한번 믿어봐."

"믿어보지."

그런 말을 하면서도 그라카스 1철좌의 얼굴은 결코 편하지 않았다. 그것은 바로 상대방의 당당함 때문이었다. 자신의 이점을 버리면서 싸우려 하는 자가 어디 있겠는가? 그런데 상대는 자신의 절대적인 이점을 과감하게 버렸다.

무려 1백 명의 기사에게 둘러싸여 있음에도 불구하고 말이다. 그것은 자만이 아니라 자신감이었다. 그 누가 1백 명의 기사를 상대로 자만할 수 있겠는가? 그것도 에퀘스의 성역에서 일좌를 차지하고 있는 칼뤼베이우스 가문을 상대로 말이다.

그런데도 불구하고 상대방은 그 모든 이점을 버렸다. 마치 언제든지 너희들을 상대할 수 있다는 듯이 말이다.

'마치 내 예상이 너무나 정확하게 맞을 것 같아서 불안하다.'

그래서 얼굴을 펼 수 없었다. 그때 네 철좌의 시선이 자신에게로 꽂히자 그라카스 1철좌는 고개를 끄덕였다. 그것은 용병왕을 공격하라는 신호였다.

그에 지체 없이 네 명의 철좌들이 수신호를 보냈다. 그리고 칼뤼베이아우스 가문의 기사들은 소리 없이 아론을 향해 움직이기 시작했다. 그들은 움직이듯 움직이지 않는 듯했다. 존재하되 존재하지 않는 듯이.

그들의 등 뒤에서는 검푸른 오라가 후광처럼 발산하고 있었고, 헬름에 감춰진 그들은 눈동자에서는 뚜렷하게 검푸른 빛이 흘러나왔다. 어찌 보면 섬뜩하기 그지없었다. 1백 명의 검푸른 눈동자는 심혼을 잡아 흔들기에 충분했다.

하나 아론은 일체의 미동조차 없었다. 그런 아론을 보면서 다섯 명의 철좌는 무거운 침음성을 속으로 삼켜야만 했다. 너무나도 담담한 아론의 모습 때문이었다.

'자신감인가?'

'터무니없는 태도는 도대체 무엇이란 말인가?'

'얼어버린 것인가?'

'아니면 도대체 뭐지?'

그들은 각자 자신이 생각할 수 있는 최대한을 생각했으나 어떠한 결론에도 도달하지 못했다. 그러는 와중에 아론이 움직이기 시작했다. 그의 손에는 어느새 보기에도 나무토막 한 개조차 베어내지 못할 정도로 낡고 투박한 양손대검이 들려져 있었다.

그야말로 용병다운 무기라 할 수 있있다.

예리함도 없었고, 낡디낡은 투박한 양손대검.

사람들은 마스터쯤 되면 가진 바 무기를 가리지 않는다고 한다. 하지만 그것은 모르는 말이었다. 마스터가 될수록, 그 경지가 높아질수록 스스로가 가지는 무기는 더욱 소중할 수 밖에 없다.

이유는 바로 마스터의 마나를 담을 수 있는 무기여야 한다 는 것에 있다. 마스터의 강대한 마나를 담아 마스터의 검술을 실행할 수 있는 무기. 그런 무기가 과연 얼마나 존재할까? 그런데 마스터가 무기를 탓하지 않는다?

'솔직히 지나가던 개가 웃을 일이다.'

마스터는 무기를 더욱더 가린다.

자신만의 깨달음을 풀어낼 수 있는 그런 무기를 말이다.

그런데 그들이 보기에 아론이 가지고 있는 무기는 그런 마스터들의 생각을 송두리째 바꿔 버리는 무기라 할 수 있었다. 하지만 감히 경시할 수 없었다. 그 이유는 자신들이 이미 마스터에 올라 있기 때문이었다.

물론 일시적이기는 하지만 그렇다 하더라도 자신들이 마스터라는 데 이견이 없는 건 분명했다. 그래서 자신들은 가문에서 만들어준 특별한 무기를 지참했다. 자신들의 힘을 그대로 활용하고 증폭할 수 있는 무기로 말이다.

하지만 그런 자신들도 아무렇게 든 가주의 검에 단 일합도

버티지 못하고 쓰러졌다.

'물론 가주만큼은 아니겠으나.'

'무언가 있기에 저런 무기를 들지 않았겠는가?'

그들은 그렇게 생각했다.

둥글게 아론을 포위한 그들은 겹겹하고 촘촘했다.

한 명의 강대한 적을 상대하기 위해 수많은 실패를 거듭해 마련한 전술.

'차륜전인가?'

아론은 단박에 이들의 의도를 파악할 수 있었다.

한 명의 강자를 상대하기 위해 이보다 훌륭한 전술은 없으니까 말이다. 하지만 그것도 상대를 봐 가면서 하는 전술이었다.

'미안하지만 나에게는 안 통하지.'

아론은 검을 움직이면서 나직하게 외쳤다.

"하늘 위에 하늘이 있다는 것을 알려주지!"

칼뤼베이우스 가문에서 심혈을 기울여 만든 전술. 그것을 단숨에 부숴주겠다고 외치는 아론.

그런 아론의 외침에 묘한 호승심과 형언할 수 없는 기이한 반발심이 일었다.

'제깟 놈이 감히……'

'용병 놈 주제에……'

'네놈이 아무리 난다 긴다 하더라도 결국 용병일 뿐.'

그들의 눈이 사나워졌다.

그리고 눈부신 검푸른 검광들이 아론을 향해 쇄도했다.

CHAPTER 3
부숴주마!

　수십 수백의 오러 블레이드가 아론의 신형을 가렸다. 빽빽하게 들어찬 가시덤불처럼 말이다. 그들은 이 오러 블레이드의 그물망을 절대 벗어날 수 없다고 확신했다. 설사 이 그물망이 찢어지고 사라진다 해도 다음의 수가 또 남아 있었다.

　총 세 번의 공격으로 만들어진 대인 공격의 총화.

　'그것은 어떤 존재도 벗어날 수 없다.'

　심지어 칼뤼베이우스 가문의 가주조차도 벗어나지 못한 막강한 포위망이었다. 그런데 듣도 보도 못한 용병 놈이 감히 그 포위망을 벗어날 리는 없었다. 자신하고 있지만 만에 하나라는 것이 있다.

운이 좋아 어찌어찌 시와 공이 맞아떨어져 첫 번째의 포위
망을 벗어난다 하더라도 두 번째의 포위망과 마지막 세 번째
의 포위망이 있었다.

'절대! 절대 벗어날 수 없을 것이다.'

'네놈은 반드시 여기서 죽는다.'

푸르스름하게 번뜩이는 기사들의 눈동자가 그러했다. 그들
이 1배 쌍의 푸르스름한 눈동자는 소리 블레이드의 가시덤불
숲에 갇힌 아론을 지켜보았다.

쩌억! 쩌저저적!

가시덤불 숲이 움찔거리면서 균열이 발생했다. 기사들은 눈
살을 찌푸렸다. 가장 약한 첫 번째 포위망이라고는 하지만 서
른세 명의 기사가 힘을 쏟아부은 포위망, 아니, 공격기였다. 그
렇다는 것은 저 내부에 있는 아론이 서른세 명의 기사의 힘
을 고스란히 받아들이고 있다는 말과 다르지 않았다.

말이 서른세 명의 기사의 힘이지 그것은 그야말로 상상조
차 하기 힘든 일이라 할 수 있었다. 공간을 한정하고 그 한정
된 공간에 일점으로 집중된 서른세 명의 힘이란 인간으로서
감히 감당하기 힘든 게 분명했다.

그런데 그 벽에 균열이 발생하고 있었다.

곳곳에 균열이 발생하며 새하얀 빛이 새어 나왔다. 그리고

그 빛은 다시 하나가 되어 외부로부터 아론을 가뒀던 가시덤 불 벽을 공격해 들어갔다.

콰앙! 콰직! 콰지지직!

붕괴되고 깨지기 시작했으며, 빛은 더욱더 강렬해지고, 푸르스름한 빛을 쏘아 내는 기사들의 눈을 공격했다. 마침내 기사들은 손을 들어 눈으로 쏟아져 들어오는 빛을 차단했고, 그와 동시에 거대한 폭음이 들려왔다.

콰아앙! 콰아앙!

쫘르르 콰앙! 꽝!

첫 번째 공격이 허사로 돌아갔다. 그에 그라카스 1철좌는 곧바로 명을 내렸다.

"2진 공격 준비!"

만약을 대비했다.

아니, 만약이 아닌 현실이라 할 수 있었다.

가시덤불 벽이 찢어지고 박살 나면서 사방으로 비산했다.

"막아!"

버코위츠 2철좌가 안색을 딱딱하게 굳히며 외쳤다. 생각보다 그 폭발이 상당했고 1철좌의 명에 의해 2진이 준비되는 것이 아닌 폭발에 의한 후폭풍을 수습해야만 했다. 그 후폭풍이란 간단하게 말할 수 있는 사항은 절대 아니었다.

후우우웅!

대기가 그 폭발에 공명했다.

그리고 그 폭발 위로 하나의 그림자가 떠오르니 바로 아론이었다.

그의 모습은 멀쩡했다.

그 어떤 상해도 입지 않은 모습에 오히려 기사들이 당황할 수밖에 없었다. 설마 그 어떤 피해도 주지 못할 줄은 예상치 못했기 때문이었다.

"저럴 수가……."

예상치 못한 상황에 기사들은 아연실색을 했다. 그때 아론은 그들의 놀라움에는 개의치 않고 투박한 양손대검을 위에서 아래로 내리 그었다.

쿠우우웅!

대기가 공명하며 무거운 소리가 울려 퍼졌다.

"피해!"

부지불식간에 누군가의 외침이 튀어나왔다. 하지만 그 누군가의 외침이 퍼지기도 전에 아론이 펼쳐낸 오러 블레이드가 기사들을 덮쳤다.

가가가가각!

"크아아아악!"

"어허억!"

"……!"

비명을 지르는 자.

심장이 빠져 나갈 듯 헛바람을 일으키는 자.

그저 멍하게 상상조차 할 수 없는 빠르기로 다가온 오러 블레이드를 그저 지켜만 보는 자.

그 모든 자가 일거에 아론이 펼친 오러 블레이드에 휩쓸려 죽음을 맞이했다. 미처 손쓸 사이도 없었고, 피해야 한다는 생각조차 할 수 없었다. 아론의 오러 블레이드는 이미 지각할 수 있는 수준을 넘어섰으니까 말이다.

그리고 그 잠깐의 시간.

아론은 허공을 박차고 날아들어 전방에 있는 기사들의 한 가운데 떨어져 내리며 또다시 수평으로 대검을 휘둘렀다.

스화아악!

또다시 오러 블레이드가 기사들을 스치고 지나갔다.

"……!"

이번에는 비명조차 없었다.

그저 무언가 바람처럼 자신을 스치고 지나갔다는 느낌뿐이었다.

화르륵!

그리고 아론의 투박한 양손대검이 스치고 지나간 부분에는 용암보다 붉게 빛나는 상처가 벌어지며 불꽃이 일기 시작했다.

"크아아악!"

이루 형언할 수조차 없을 만큼 극한의 아픔이 담긴 비명 소리가 들려왔다. 갈라진 틈에서 시작한 불꽃은 기사의 전신을 타고 흐르며 불태웠다. 기사들은 저항조차 하지 못하고 한 줌의 재가 되어 허공에 나부끼고 있었다.

"발진!"

"동료의 복수를!"

"적에게 죽음을!"

충분히 두려워해야 할 광경이었다.

하지만 기사들은 두려워하지 않았다. 오히려 푸르스름한 안광을 더욱더 뚜렷하게 떠올리며 아론을 향해 기이하게 움직이기 시작했다. 좌에서 우로 돌고, 그 뒤 열은 우에서 좌로 돌고 있었다.

휘이이잉!

바람이 일어나기 시작하며 아론을 가두기 시작했다.

쩌저적!

콰아앙! 쾅! 쾅!

아론이 서 있는 하늘은 어두워지고 검은 먹구름이 모여들었다. 세상이 온통 검은색으로 물들 때쯤 하늘에서 번개가 내리쳐 대기를 진저리치게 했다. 분명 보통의 사람이라면 이 상상조차 할 수 없는 광경에 낭황했을 것이 분명했다.

하지만 아론의 얼굴에는 그 어떤 표정도 떠올라 있지 않았다. 아니, 오히려 지금의 상황을 비웃듯이 비릿한 미소를 떠올리고 있을 뿐이었다.

"이미 어둠이 너희들에게까지 손을 뻗었구나."

설마 했다.

어느 정도 잠식은 했겠지만 한 가문이 통째로 넘어가진 않았을 것이라고 생각했다. 하지만 그는 지금 이 순간 자신의 안일함에 머리를 두드릴 수밖에 없었다. 악이란 아무도 모르는 사이에, 방심하고 있는 사이에 거대한 나무가 되어 한 가문을 돌이킬 수 없을 정도로 잠식해 들어가고 있었다.

칼뤼베이우스 가문뿐만이 아닐 것이다.

전투에 임하는 데 있어서 언제나 최악의 상황의 상정해야 했건만 자신은 너무나도 상황을 낙관하고 있었다. 그래서 이렇게 되었다. 물론 미리 알았다 해도 자신이 할 수 있는 일은 한계가 있었다.

하지만 아론이 스스로 자책한 이유는 방심하고 있었기 때문이었다. 상대는 절대 자신이 방심할 수 있는 그런 존재가 아님에도 불구하고 말이다. 어느새 자신의 마음속 깊은 곳에는 그렇게 경계했는데도 자만심이 싹트고 있었다.

그래서 아론은 스스로를 질책했다.

'모든 것이 끝나기 전까지는 끝난 것이 아니다.'

완벽하게 자신이 모든 힘을 흡수하고 소멸시키기 전까지는 절대 끝나지 않을 전쟁이었다. 그런데 어느 정도 상황이 좋아지자 자신도 모르게 자만심이 들었다. 그리고 지금의 이 상황이 기꺼워졌다.

만약 지금의 상황이 오지 않았더라면 자신의 자만심은 더욱더 커졌을 것이다. 외부에 드러난 적은 두려워할 것이 못 된다. 적의 상황을 언제든지 파악하고 알 수 있기 때문이다. 하지만 내부에 숨어 있는 적은 결데 찾아내지 못한다.

아닐 것이라 혹은 없을 것이라 방심하기 때문이다. 모두 알 것이라 판단하기 때문이다. 특히 사람이란 타인에게는 엄격한 잣대를 사용하지만 자신에게는 한없이 너그럽지 않은가.

'어떤 면에서는 고맙다고 해야 하겠군. 그런 면에서 고통스럽게 죽여주지. 힘에 취해 어둠에 굴복했으니 말이다.'

아론의 투박한 대검이 춤을 추기 시작했다. 그의 대검을 따라 백색의 잔상이 그려졌으며 그 잔상이 스치고 지난 자리에는 여지없이 어둠에 물든 기사들의 시체가 불에 타올라 수북한 재가 되었고, 일부는 바람에 흩날려 불꽃처럼 사라졌다.

강력한 대인전을 준비했던 기사들은 푸른 안광을 일렁거렸다. 준비했던 포위망은 아무런 소용도 없었다. 절대 움직이지 못하리라 여겼던 생각은 여지없이 깨지고, 상대는 자유자재로 포위망 안에서 움직이며, 조그마한 틈이 있으면 여지없이 대검을 집어넣었다.

"어떻게……"

그라카스 1철좌에서부터 코로나 5철좌까지 그들은 침음성을 흘릴 수밖에 없었다. 그랜드 소드 마스터 정도일 줄 알았다. 그렇다면 충분히 막아낼 수 있다고 생각했다. 가주조차도 이 포위망 안에서는 고전하지 않았던가?

그래서 승리를 확신했다.

한데 아니었다.

상대는 거우 그랜드 소드 마스터 정도로 어떻게 할 수 있는 수준의 인물이 아니었다.

"막아라!"

"예!"

"어떻게 해서든지. 자폭을 해서라도 저자를 이곳에서 죽여야 한다."

"명!"

그라카스 1철좌만 심각성을 느낀 건 아니었다. 모두 알고 있었다. 그래서 그들은 지금 이 순간 가문을 위해서 자신의 목숨을 버릴 생각을 했다. 그 순간 그들의 기세가 변하기 시작했다.

죽을 작정을 했는데 기세가 변하지 않는다는 점이 더 문제일 것이다. 어쨌든 그들의 바뀐 기세에 아론이 히죽 웃었다.

"그래. 진즉 그렇게 나왔어야지."

그리고 힘을 아주 조금 개방했다.

콰아아악!

그가 개방한 힘이 죽을 각오를 한 기사들을 덮쳤다.

"크으으윽!"

감히 상상도 하지 못할 거센 압력이 전해져 왔다. 어금니를 꽉 깨물고 그 기세를 받아내려 했지만 자신들이 받아낼 수 있는 기세가 아니었다. 차고 넘쳤다.

푸화아악!

코에서, 입에서, 눈에서, 귀에서 핏줄기가 치솟아 올랐다. 하지만 사람의 것이라고는 할 수 없는 검고 진득한 기이한 액체가 그들의 칠공에서 뿜어져 나왔다. 그 모습을 본 아론은 눈살을 찌푸렸다.

"이미 돌이킬 수 없었던 것인가?"

이들은 이미 뼛속까지 어둠에 물들어 버렸다. 어떤 방법을 썼는지 모르지만 그저 이성을 잃지 않고 있을 뿐이었다. 하지만 그렇게 생각하는 것도 잠시, 그들이 기괴하게 변해가기 시작했다.

"역시나……."

그러면서 양손대검을 휘둘렀고, 그의 양손대검에서는 수십 줄기의 빛살과 같은 것이 부채꼴로 퍼져 나가며 기괴하게 변해가는 이들의 미간을 꿰뚫고 지나갔다.

"끄아아악!"

이루 형언할 수조차 없을 정도의 비명이 터져 나오며 단 한 순간에 불이 일어나더니 재만 남았다. 그러기를 수십 번, 기사들의 눈에서는 이미 한계점에 달한 시퍼런 광망이 터지면서 아론을 향해 미친 듯이 쇄도하기 시작했다.

아론 역시 그들을 향해 달려 나갔다.

콰아아앙! 콰앙! 콰앙!

"크아악!"

비명을 지르며 기사가 날아갔다.

화아악!

불길이 일면서 시커먼 재가 허물을 벗듯 벗겨지며 회색의 재 가루가 날려 흩어졌다. 하지만 기사들은 물러나지 않았다. 이미 죽음을 각오한 상황인데 무엇이 두려울까. 푸르스름하게 빛나던 기사들의 눈이 붉은색으로 물들어가며 그들의 등 뒤로 후광처럼 붉은 아지랑이가 넘실거렸다.

콰직!

헬름에 아론의 투박한 양손대검이 박혔다. 아론은 힘을 주어 양손대검을 밀었고, 헬름과 머리가 한꺼번에 잘려 나갔다.

하지만 기사는 비명을 지르지 않았다. 움직임도 멈추지 않았다. 들고 있던 검을 양손으로 잡고 아론을 향해 찔렀다.

와드드득!

아론은 찔러오는 검을 손으로 잡아 움켜쥐었고, 그 힘을 이기지 못한 검이 고드름 깨지듯 으깨져 나가 버렸다. 그리고 양손대검을 한 손으로 고쳐 잡고 아래에서 위로 그어 올렸다.

쩌억!

기사가 양분되었다.

양분된 면에서부터 불이 일어나기 시작했고, 그제야 마침내 기사는 움직임을 멈췄다.

"죽인다."

누군가 외치며 아론을 향해 쇄도했고, 아론은 지체 없이 검으로 찔러 버렸다. 깊숙하게 박힌 양손대검. 그에 기사는 비죽 웃음을 내비치며 아론의 손을 두 손으로 잡아당겼다.

푸우욱!

깊숙하게 손잡이 부분까지 박혀 들어가는 양손대검. 그럼에도 기사는 붉은 안광을 일렁거리며 입에서 흘러나오는 피를 닦을 생각조차 하지 않고 비릿하게 웃음을 터뜨렸다.

"같이 가는 거다."

쩌억!

그 말과 함께 기사의 몸에 균열이 발생했다. 아론은 담담하게 그런 기사를 바라봤다. 순간 시선이 마주쳤다. 너무도 담담한 아론의 모습에 기사는 잘게 떨었다.

퍼버버벅!

그리고 기사의 몸이 터져 나갔다.

스스로 몸을 터뜨려 자폭을 한 것이다.

터진 기사의 피륙이 아론을 덮쳤다.

파바바박!

하지만 단 한 점의 피륙도 아론에게 닿지 못했다. 어느새 아론의 앞으로 투명한 막이 생성되어 있었던 탓이었다.

"오러 멤브레인!"

그레이트 소드 마스터의 전유물이라 할 수 있는 오러 멤브레인. 오러 실드를 넘어서 타격을 되돌리는 지고의 경지에 이른 기술이라 할 수 있었다. 놀라기는 했으나 그들은 멈추지 않았다. 예상 범주 내였기 때문이었다.

그들은 아론이 오러 멤브레인을 시전하자마자 품속에서 무언가를 꺼내 들었고, 한쪽을 바라봤다. 바로 제1철좌인 사일슨 그라카스였다. 그는 미미하게 고개를 끄덕이며 입을 열었다.

"허한다!"

"충!"

그들은 단숨에 꺼내 든 것의 마개를 따 마셨고, 이내 그들의 붉은 눈동자가 흔들렸다. 무언가 격한 반응을 보이는 것이리라. 빠르게 안정을 되찾았지만 여전히 칙칙한 붉은 눈동자로 아론을 향해 쇄도해 들어왔다.

그동안 아론을 막고 있던 붉은 눈동자의 기사들은 뒤로 물러나며 먼젓번의 기사들이 행했던 행위를 계속했다. 아론은 그런 그들을 보며 눈살을 찌푸렸다.

"시술까 비약이리……."

이들은 흑마법에 의해 특별한 시술을 받았다. 그리고 일반 기사들조차도 소드 마스터에 해당하는 힘을 얻게 되었다. 하지만 그것조차도 자신을 당할 수 없자 이내 흑마법으로 만들어진 비약을 꺼내 든 것이었다.

기사들의 눈동자에서 푸르스름한 빛이 발하는 이유는 아직까지 이성을 가지고 있다는 뜻이었다. 스스로 제어가 가능했다. 그리고 2단계인 칙칙한 붉은색 눈동자.

가진 바 잠력을 폭발시킨 것이다. 이쯤 되면 이성과 본능이 반반으로 지배되는 상황. 동물적인 야성이 폭발하는 단계일 것이다. 그래서 거침없이 자폭을 한다. 그들은 무서움을 모른다.

일시적으로 잠력을 폭발시켰기에 그 끝엔 어떤 파탄이 존재할지 알 법도 하지만 그들은 아무런 관심이 없다. 오로지 자신들의 뇌리 깊숙하게 각인된 존재를 제거하는 것만이 유일한 삶의 목표였다.

그리고 마지막으로 흑마법으로 만들어진 비약을 마셨다. 이제 그들에게는 이성이란 존재하지 않았다. 오로지 살육만 남는다. 죽이고, 죽이고, 또 죽이고. 죽일 상대가 없다면 스스로를 죽일 것이다.

흑마법이란 그런 것이다.

강력하지만 종내에는 스스로를 죽이게 만드는 마법.

그리고 자의가 아닌 타의에 의해 지배되고 살아가는 마법.

내가 아닌 타인에 의해 영원히 살아가는 마법이었다.

기사들은 모를 것이다.

그저 강해지기 위해, 그리고 가문을 위해 이 한 몸 희생을 한다고 생각할 것이다. 하지만 그들은 희생되지 않는다. 다시 살아날 것이다. 아무런 생각도, 살아생전의 그 누구도 기억하지 못하고 오로지 산자에 대한 끝없는 증오와 살의만을 가진 채 말이다.

그 마지막 흑마법의 비약은 그것을 위한 하나의 전제일 뿐이다. 재료를 만들기 위한 하나의 재료. 그래서 종내에는 칼뤼베이우스 가문은 하수인이 될 것이다. 자의에 의한 하수인이 아닌 꼭두각시가 되어 끝없는 살의와 증오만 가진 존재가 될 것이다.

"유리피네스보다 먼저 힘을 갈무리한 것인가?"

유리피네스의 일로 일곱 개의 구슬이 동시대에 떨어진 것은 절대 아니었다. 모두 각기 다른 시대로 떨어져 나갔다. 그러하기에 각기 다른 시대에 다른 사람이 일곱 개의 힘을 받아들인 것이고, 그 결과가 지금의 상황이었다.

'유리피네스가 하나, 내가 셋, 그리고 배후자가 셋.'

하지만 배후자는 한꺼번에 세 개의 힘을 취한 것이 아닌 오랜 세월 동안 순차적으로 힘을 취했다. 그리고 가장 최근에 마지막 세 번째의 힘을 취했다. 그렇다는 것은 이 모든 상황이 오랫동안 진행되어 왔다는 것이고, 그것이 마침내 결실을 보게 된 것이라 추측할 수 있었다.

'멀지 않았다는 뜻이겠군.'

그랬다.

상황이 이렇게 되었으니 곧 머지않았다. 아론은 자신을 향해 쇄도하는 기사들을 바라봤다. 그들의 눈은 이미 검게 물들어갔다. 눈동자 역시 없어지고 그저 시꺼먼 동공 그 자체만 가지고 있었다.

살의와 증오로 가득한 번들거리는 동공을 한 채 맹목적으로 돌진하는 그들. 그 순간 아론은 모든 이 공간을 외부의 공간과 분리시켰다. 자신의 모든 것을 적에게 드러낼 필요는 없었다.

배후자가 인세에 보기 드문 자라 할지라도 아론 역시 마찬가지였다. 그가 취한 힘이 무엇인지 아론은 안다. 그는 마법사이고, 어둠과 독과 번개의 힘을 손에 넣었다. 그리하여 그는 인간으로서 다다를 수 없는 9서클의 대마법사가 되었다.

　그것도 그냥 그저 그런 9서클의 대마법사가 아닌 흑마법에 물든 리치로서 재탄생했다. 그것을 어찌 아느냐 하면 도저히 어울릴 수 없는 세 개의 힘을 가진 자의 특징을 갖고 있기 때문이었다. 물론 공간의 극의를 깨달아 시간을 제어하는 아론이기 때문에 가능한 일이다.

　어찌 되었든 적은 아직 아론의 존재를 모른다. 그저 막연히 자신에 버금가는 존재가 자신이 벌이는 이 모든 일을 저해하고 있다는 걸 알고 있을 뿐이다. 끊임없이 자신을 찾고 있겠지만 시간과 공간을 건너 흔적을 지운 자신을 찾기란 요원한 일이었다.

　'그래. 발악을 해라. 더 크게 벌리고, 더 잔악해져라. 그래서 세상을 삼킬 듯이 발악을 해라. 그래야 세상 사람들은 깨달을 것이다. 평화의 소중함을 말이다.'

　사람은 공기의 중요함을 모른다.

　자신이 살아 숨 쉴 수 있는 이유가 공기임을 알면서도 너무나도 흔하고 당연하기 때문에 공기의 소중함을 모른다. 평화 역시 마찬가지다. 오랜 세월 동안 중간계는 전쟁도 없었고 이

계의 침입도 없었다.

그래서 몬스터의 공격에 제대로 힘 한번 써보지 못하고 밀리고 있었다. 이곳저곳에서 귀족들이 일어나고 용병들이 파견되고 있지만 그들은 아직도 제대로 대처를 하지 못했다.

그 와중에 배후자는 제국을 떠받드는 세 개의 기둥 중 한 개인 마탑을 집어삼켰고, 에퀘스의 성역을 분열시켜 그중 몇 개를 집어삼켰다. 귀족들 역시 마찬가지였다. 황제파와 귀족파 그리고 중도파를 나눴고, 서로 물어뜯도록 만들었다.

세상이 미쳐 돌아가고 있었다.

과거라면 모르겠으나 이미 내성이 사라진 지금의 세상은 그것을 받아들이기가 쉽지 않았다. 시간이 지나면 그것을 받아들이고 정리하겠지만 그럴 시간이 없었다. 그렇게 내성을 갖기 전에 배후자는 세계를 집어삼킬 것이다.

세상에는 피가 마르지 않고 흘러 강을 이룰 것이고 썩은 시체는 산을 이루고 인간은 노예로 전락하고 말 것이다. 피의 왕국, 암흑의 왕국이 되고 말 것이다. 배후자의 궁극적인 목표는 바로 거기에 있었다.

자신만의 영생.

아론은 명확하게 알고 있었다. 어떻게 알았느냐고 묻지는 마라. 자연히 알게 된다. 이건 뻔한 스토리니까 모를 수가 없었다. 그의 뇌리에는 이제 소멸되고 사라진 백두산의 차원을 넘어선 깊고 깊은 지식이 간직되어 있었으니까.

'뻔한 판타지 스토리잖아.'

아론은 거칠게 대검을 휘둘렀다. 그럴 때마다 기사들은 검은 연기와 불꽃을 남기고 사라져 갔다. 그의 대검을 피하는 기사는 그 누구도 없었다. 그 기사들은 부나방처럼 아론을 향해 끊임없이 부딪혀 왔다.

아론은 전혀 힘들지 않다는 듯이 무표정하게 땀 한 방울 흘리지 않고 기사들을 베어 넘겼다. 검은 연기와 불꽃이 그의 시야를 가렸지만 아론은 전혀 흔들림 없었다.

베고, 베고 또 베고.

끊임없이 베었다.

1백이란 수는 단순한 수가 아니다.

그 단순하지 않은 수를 아론은 지루하지 않은 듯 베어내고 있었다.

"이노옴!"

후안 코로나 제5철좌가 아론을 향해 달려들었다. 그는 두 자루의 펄션을 자유자재로 움직였으며, 검은색의 오러 블레이드가 펄션보다 길게 늘어져 있었다.

후웅! 후웅!

파공음이 들려왔다.

아론은 슬쩍 그를 바라본 후 몸을 돌려 한 명의 기사를 베어냈다. 검은 연기가 피어오르며 코로나의 시야를 가렸으나 그쯤은 아무렇지도 않다는 듯이 정확하게 아론의 목과 심장을 베고 찔러 왔다.

카라랑!

아론은 대검을 기묘하게 움직이며 두 자루의 펄션을 쳐내고, 그의 옆을 스치듯이 지나쳤다.

"큽!"

코로나 제5철좌의 입을 비집고 신음이 흘러나왔다. 그를 스치고 지나간 아론은 어느새 대검을 거꾸로 들어 코로나 제5철좌의 등 뒤를 찔러 버렸다.

푸욱!

검은색 피가 분수처럼 쏟아졌다. 하지만 코로나 제5철좌는 쓰러지지 않았다.

까드드득!

그의 목이 뒤로 돌아갔다. 인간으로서는 꺾일 수 없는 각도로 말이다. 그의 입에서는 검은색 피가 흘러나오고 있었고, 검은색으로 물든 이를 훤히 드러낸 채 웃었다.

"별 희한한 재주를 가졌군."

아론은 무덤덤했다.

놀란 것일까?

하지만 아직 그 희한한 일은 끝나지 않았다. 팔이 뒤로 꺾이고, 다리 역시 뒤로 돌아가며 완전하게 앞과 뒤가 반전되었다. 코로나 제5철좌는 아론을 똑바로 쳐다보며 검을 두 손으로 꽉 잡았다.

"크큭! 혼자 죽을 것 같으냐?"

"그럼 같이 죽을 것 같으냐?"

"같이 죽어야지."

"싫다만."

그러면서 대검에 마나를 불어 넣는 아론.

화아악!

대검에서 불이 일어났다. 하지만 코로나 제5철좌는 버텼다. 뼈와 살이 지글지글 타오르는 가운데에서도 마치 아무런 감각도 느끼지 못한다는 듯 태연하게 웃고 있었다.

"크하하하, 같이 죽는 거다."

"별 이상한 놈 다 봤네."

그러면서 검을 세로로 돌려 수평으로 그어버렸다.

촤아악!

대검이 빠져 나왔다.

그와 동시에 두 방향에서 공격이 이어졌다.

창과 할버드.

할버드가 목을 베어왔고, 창이 심장으로 쏘아졌다.

콰아악!

강력한 경력이 일자 칠흑보다 어두운 오러 블레이드가 아론을 난자했다. 아론은 슬쩍 몸을 흔들었다. 환영이 일어나고 심장과 목을 향하던 창과 할버드가 허공에서 맴돌았다. 그가 회피한 곳으로 모닝 스타가 날아들었고, 플랑베르쥬가 할퀴고 지나갔다.

하지만 아론은 그곳에 없었다.

그리고 그들은 볼 수 있었다.

유려하게 움직이는 투박한 양손대검의 궤적을.

서걱!

후안 코로나의 목을 베었다.

푸욱! 서걱!

제프리 다머의 심장이 쪼개지고, 목이 잘려 나갔다.

화르르륵!

검은 재가 날리고 그들의 몸은 불타올랐으며, 불꽃이 허공을 맴돌았다.

"크아악!"

분노한 데이비드 버코위츠와 테드 번디의 외침이 들려왔다. 하나 아론은 그들의 공격을 허용하지 않았다. 검을 돌려 겨드랑이 사이로 찔러 넣은 후 공중제비를 돌아 검을 수직으로 그어버렸다.

흑백의 잔상이 남기면서 거대한 배틀해머를 든 두 손을 높게 치켜든 테드 번디의 정중앙으로 혈선이 생겨났고, 그 혈선은 점점 더 균열이 생기더니 마침내 두 쪽으로 나눠졌다.

쩌억!

화르륵!

그러고는 갈라지며 불타올랐다.

사일슨 그라카스와 데이비드 버코위츠는 본능적으로 뒤로 물러났고, 1백 명 중 이제 절반조차 남지 않은 비약을 마신 기사들이 오로지 살육만을 위해서 아론을 향해 맹목적으로 달려들었다.

"부숴주마."

아론은 간단하게 뇌까렸다.

모두 죽일 것이다.

이승에서 단 한 점의 흔적도 없이 말이다.

그의 양손대검이 춤을 추기 시작했다.

제1철좌 사일슨 그라카스와 제2철좌 데이비드 버코위츠는 말없이 그런 아론을 바라봤다. 하지만 그들의 눈은 잘게 떨리고 있었다. 설마 이 정도일 줄은 몰랐다. 이렇게 강력할 줄은 몰랐다.

두려움 없이 이곳으로 왔다. 반드시 필승한다는 신념으로. 반드시 죽일 수 있다는 자신감으로. 사일슨 그라카스는 주변을 돌아봤다. 묘하게 거리가 느껴지는 주변. 눈앞에 있으나 전혀 동떨어진 것 같은 느낌.

밀리고 있었다.

압도적으로 밀리고 있었다.

대칼뤼베이우스 가문의 기사단이 정예 가병들이 밀리고 있었다. 용병들은 물 만난 물고기처럼 날뛰고 있었다. 시퍼런 오러 블레이드가 허공을 수놓았고, 피 무지개가 피어올랐으며, 시체는 산처럼 쌓여가고 있었다.

사일슨 그라카스는 문득 자신의 옆을 바라봤다. 그때 데이비드 버코위츠 역시 자신을 바라보고 있었다. 온통 검은색으로 물든 동공. 칼뤼베이우스 가문을 지지하는 열 개의 철좌 중 가장 강력한 두 명이 남았을 뿐이었다.

'그를 너무 과소평가했다.'

과소평가한 정도가 아니었다.

그는…….

'칼뤼베이우스 가문 전체가 덤벼도 막을 수 없는 사람이었다.'

이제 알 수 있었다.

겨우겨우 붙잡고 있는 한 자락 정신이 그렇게 말하고 있었다. 하지만 그 정신마저도 이제 아득해지고 있었다. 점점 빛나던 그의 동공이 탁해지기 시작했으며, 눈 주변은 검게 물들어 균열이 발생했다.

"크으……."

둘은 동시에 나직하고 고통스러운 신음을 내뱉었다.

"크아아악!"

그들이 비명을 지를 즈음 아론은 마지막 기사를 베어 넘기고 그들을 향해 쇄도하고 있었다. 고통스러운 와중에도 그들은 들고 있던 검을 아론을 향해 휘둘렀다. 하지만 본능적으로 휘두른 그들의 검은 아론에게 아무런 힘을 발휘하지 못했다.

서걱! 푸욱!

데이비드 버코위츠가 반으로 갈라졌고, 사일슨 그라카스의 심장에 아론의 양손대검이 꽂혔다. 사일슨 그라카스는 자신의 심장을 태우고 있는 양손대검을 두 손으로 잡고 아론을 무시무시한 시선으로 쏘아보았다.

"뭐? 왜? 할 말 있나?"

"많… 다."

"시간은 얼마 없다만 그래도 할 말은 해야지. 죽은 놈 소원도 들어주는데 죽을 놈 소원을 안 들어줄까?"

아론은 마치 크나큰 아량을 베푼다는 듯이 말을 했다.

"이것이 끝이라고 생각하지 마라."

"끝이라고 생각 안 해. 그걸로 끝이냐?"

그에 사일슨 그라카스가 검은 피에 물든 이를 드러내며 웃었다. 소름 끼치도록 잔악한 미소. 순간 아론은 그 미소가 절대 심상찮음을 알 수 있었다.

"흐음, 뭐 더 꾸미는 게 있나 보지?"

"너의 본진이 비었지 않나?"

"아니. 내 본진은 아주 튼튼해."

"크흐흐흐, 아무리 그래도 소용없다."

그에 아론은 그를 불쌍하다는 듯이 쳐다본 후 입을 열었다.

"너희들은 잘못 생각하고 있는 게 있는데……."

"잘못?"

"그곳에는 나보다 무서운 사람이 있어."

"무서운 사람?"

"아니, 사람은 아니로군. 하여튼 정보는 고맙다."

그러면서 검을 수평으로 그어버렸다.

단 한 수였지만 수없이 많은 검 자국이 사일슨 그라카스의 전신에 새겨졌다.

투욱!

마침내 사일슨 그라카스의 목이 떨어지고 먼지처럼 갈라지며 허공으로 사라졌다. 아론은 사라지는 사일슨 그라카스의 모습을 냉담하게 바라봤다.

"대승입니다."

그때 워크닉이 피를 흠씬 뒤집어쓴 채 아론에게 달려오고 있었다.

"어. 그러네."

"예? 겨우 그겁니까?"

"그럼 뭐?"

"아니, 뭐, 조금 더 극적인……."

"한두 살 먹은 애도 아니고……."

그러면서 아론은 자신의 검을 들어 올리며 외쳤다.

"승리했다. 승리의 함성을 질러라!"

"우와아아!"

그런 아론을 보며 피식 웃어버리는 위크닉.

"됐나?"

"됐습니다."

"그럼 정리해."

"알겠습니다."

위크닉이 신이 나서 움직이기 시작했다. 잠시 그런 전장을 바라보다 아론은 플랑드르의 중심부를 바라보며 나직하게 입을 열었다.

"그런 꼼수를 부린단 말이지?"

그는 새하얀 이를 드러내며 웃었다.

"말했지? 내가 부숴 버린다고. 그래. 부숴주마."

＊　　　＊　　　＊

"정체불명의 인물들이 다가오고 있습니다."

"정체불명이라. 검문에 응하지 않았나 보군요."

"일부러 피했습니다."

"그래요? 잘했네요."

드워프 대표인 파이어 해머가 보고를 했다. 이곳에는 모든 ~~종족 대표가~~ 모여 있었다. ~~그중에는 카툼도~~ 있었다. 그렇다는 것은 이곳에 있는 이종족 대표들은 이미 카툼을 받아들였고, 그가 이끌고 있는 오크족을 하나의 종족으로 받아들였다고 할 수 있었다.

"어떻게 생각하나요?"

유리피네스는 카툼에게 물었다.

"용병의 전력을 밖으로 끌어내고, 비어 있는 본진을 쳐서 타격을 입히는 전략인 듯하군."

"그렇죠? 나도 그렇게 생각해요. 그런데 수가 얼마나 된다고 하던가요?"

"대략 5백여 명에 이른다고 합니다."

"별로 많지 않은 수로군요."

"그건……."

5백여 명이라면 실제로 많은 수는 아니었다. 하지만 그들을 은밀하게 조사했던 묘족 대표 스카는 달랐다. 그들의 기세는 흉험하기 그지없었다. 물론 그 보고도 했다. 하지만 유리피네스는 별로 신경 쓰지 않았다.

"모든 병력을 물리세요."

"병력을요?"

"그래요."

"어찌하실려고?"

"보여줘야지요."

유리피네스의 말에 카툼은 사나운 미소를 떠올렸다. 그녀의 생각을 읽은 것이었다.

"어때요?"

유리피네스가 물었다.

"좋군."

"그럼 그들을 맞이할 준비를 하지요."

"알겠습니다."

여기 있는 이종족 대표들은 대번에 유리피네스의 계획을 알아차렸다. 모두가 자리를 일어나 이동할 때 울프족의 대표인 마리우스가 노여움을 잡고 물었다.

"뭔 소리라냐?"

그에 멀뚱하게 마리우스를 바라보다 나직하게 한숨을 내쉬며 고개를 절레절레 저었다.

"멍청한 건지 무식한 건지."

"그게 그 말 아니냐?"

"어후~ 네놈 머리는 장식이냐?"

"어? 머리? 내 머리가 왜 장식이야?"

"에휴, 됐다, 됐어. 유리피네스 님은 이번 기회에 용병들의 힘을 보여주기로 작정하신 거다."

"어… 그러니까 그 말은?"

"이 멍청아! 싸운다는 말이다."

"오오~ 역시 유리피네스 님이군."

"이제 알았으니 가봐라 좀."

"에헤이, 고맙다, 고마워."

그러면서 등을 툭툭 치고 문을 나서는 마리우스. 하지만 당하는 프로모는 두 눈이 튀어나올 것 같은 표정을 지어 보였다. 그 힘이 장난 아니었기 때문이었다.

"어우~ 저 씨, 힘만 세 가지고."

그러면서 닿지도 않은 등을 손으로 어루만지면서 문을 나서는 프로모. 유리피네스와 이종족 대표들이 사라진 집무실은 냉랭하기 그지없었다.

그리고 그 시각.

검은 복면을 뒤집어쓰고 임페리움 용병단의 본부를 치고 들어가는 5백여 명의 인물들. 그들은 형형하게 빛내며 오로지 하나의 목표를 향해 달려 나가고 있었다.

우뚝!

그러다 가장 선두에 서서 무리를 이끌고 달려 나가던 복면인이 멈췄고, 그를 따르던 복면인들도 멈췄다. 그들이 바라보는 곳에는 마치 자신들을 반기듯 환하게 불이 밝혀져 있었다.

경비병도 없었다.

문도 훤히 열려져 있었다.

뭔가 이상한 위화감이 들었다.

하지만 멈출 수 없었다.

이미 쏘아진 화살이니 말이다.

선두에 선 복면인이 손을 들어 까딱였고, 그들은 조심스럽게 앞으로 걸음을 옮겼다. 복면인은 이미 자신들의 존재가 들켰다는 것을 알고 있었다. 그러나 당황하지 않았다. 존재가 들켰다고 해서 당황할 필요는 없었다.

복면을 쓰긴 했지만 이것도 작전의 일부분이니 자신들은 당당했다. 전쟁에서는 모든 것이 허용되었다. 그렇게 그들이 임페리움 용병단의 연무장에 들어섰을 때 어딘가에서 한 줄기 목소리가 들려왔다.

"내가 하면 로맨스고 남이 하면 불륜이라고 하더라."

꿈틀!

그 말에 선두에 선 복면인의 눈썹이 꿈틀거렸다. 복면을 쓰고 있음에도 그 움직임이 보일 정도면 그 표정의 변화가 얼마나 큰지 알 수 있었다. 선두에 선 복면인은 느릿하게 소리가 들려오는 쪽으로 고개를 돌렸다.

"누구냐."

"도둑놈들에게까지 신분을 소개할 필요는 없지 않나?"

"그런가?"

그러면서 무심하게 걸음을 옮기려다 다시 멈췄다. 어느새 멀리 있던 자가 자신의 앞에 서 있었다.

"네놈……"

"오크족의 대족장 카툼이다. 네놈들은 필시 칼뤼베이우스 가문의 놈들이겠고……"

느릿하게 말을 하며 들고 있던 거대한 배틀 엑스를 장난감처럼 흔들었다.

후웅, 후우웅.

그때마다 대기는 진저리 치며 흔들렸다.

"어서 와요. 기다리고 있었어요."

"……"

그때 카툼의 뒤로 한 명의 여인과 다섯 명의 이종족이 걸어 나왔다. 그리고 말없이 흩어져 5백여 명의 복면인을 포위했다. 겨우 일곱 명에서 5백의 복면인을 포위하고 있었다. 환히 밝혀진 공간에 또 다른 불이 밝혀졌다.

그러자 수없이 많은 이가 모습을 드러냈다.

파르르.

그에 복면인의 눈동자는 거세게 떨렸다.

밝아진 불과 함께 모습을 드러낸 이들은 바티스타 공작 예하 제국에서 이름난 몇 명의 귀족들이었고, 굴카마스 가문의 전대 가주와 플람베르 가문의 전대 가주 그리고 마테리아 가문의 전대 가주였다.

모든 것이 들통나 버렸다.

이들은 이미 알고 있었다.

자신들의 존재를.

하지만 그는 이내 빠르게 안정을 되찾았다.

복면 사내는 주변을 이미 파악했던 것이다.

'저들 이외에는 아무도 없다.'

아무도 없었다.

저들을 제거하면 그것으로 끝이다.

"모두 제거한다."

나직하게 으르렁거리는 복면 사내. 그에 곁에 있던 이가 그를 바라봤다. 알 수 없다는 듯이.

"이들을 제외하고 아무도 없다."

"제국의 공작도 있습니다."

"죽은 자는 말이 없는 법이다."

"알… 겠습니다."

어차피 이곳으로 오기 전 목숨을 내어놓고 왔다. 죽는다한들 문제될 것은 전혀 없었다. 이왕 죽을 바에 저들과 함께죽는다면 그리 나쁘지 않을 거라 생각했다. 그래서 인정했다.죽음으로 향하는 명령을 말이다.

넓게 퍼졌던 이종족의 대표들.

대항하려는 복면인들을 바라봤다. 그리고 그들 역시 자세를 잡았다. 포기하지 않고 싸우려 든다면 싸울 수밖에. 그런그들을 냉정한 눈으로 바라보는 유리피네스. 그녀는 지금까지와는 사뭇 다른 모습이었다.

냉정하기가 북풍한설이 몰아치는 것 같으니 그 누구도 그녀의 곁으로 다가오려 하지 않았다. 아니, 접근하려 하지 않은것이 아니라 그녀가 접근을 거부하고 있었다.

휘오오옹!

그녀의 주변으로 차가운 바람이 불어오기 시작했다. 바람만 불어오는 것이 아니라 극한의 추위가 몰아치기 시작했다.어두운 하늘에 보기에도 선명한 먹구름이 몰아쳤다.

쿠르르릉!

천둥이 울렸고.

버버번쩍!

번개가 내리쳤다.

그녀의 머리가 하늘로 솟구쳐 올랐고, 그녀는 서서히 허공으로 솟아올랐다. 그녀의 두 손이 하늘을 향할 때 그녀의 목소리가 울려 퍼졌다.

"블리자드!"

8서클의 마법이 소환되었다.

사전 주문도 없었다.

그저 허공에 팔을 펴고 외쳤을 뿐이었다.

콰콰콰콰콰앙!

대신전의 기둥과 같은 번개가 내리쳤고, 눈보라가 몰아쳤다.

쩌저저적!

단 한순간이었다.

그 단 한순간에 연무장 안에 있던 복면인의 대부분이 얼어붙었다.

하지만 그녀의 마법은 거기에서 끝나지 않았다. 어느새 꺼내 들었던가? 그녀의 손에는 기이한 문양이 새겨진 성스러운 검이 들려 있었으니 그녀의 외침에 빛이 되어 복면인을 향해 쏟아져 나갔다.

"기가 소드 레인!"

칼의 비가 쏟아져 내렸다.

콰가가가각!

내리꽂히는 검우에 그나마 간신히 버티던 복면인의 신형은
너덜너덜해지고 있었다.

"크흐으윽!"

가장 선두에 서 있던 단 세 명만이 목숨을 건졌다. 하나, 그
들 역시 상태가 중하기는 마찬가지였다. 그저 손가락으로 툭
밀어도 죽을 만큼 중상이라 할 수 있었다. 그런 그들의 앞으
로 그녀가 서서히 하강하기 시작했다.

그녀는 오연하게 세 명의 복면인을 내려다보았다.

"어둠에 물든 자, 욕망에 사로잡힌 자, 정화될지니."

"네년……."

가장 선두에 선 복면인이 나직하게 뇌까렸다.

CHAPTER 4

칼뤼베이우스 가문

　세 복면인이 할 수 있는 일은 아무것도 없었다. 유리피네스
의 마법과 검술에 정체를 드러내지 않기 위해서 뒤집어썼던
복면은 사라진 지 오래였고, 온전하게 서 있지도 못했다. 무릎
을 꿇은 채 겨우 버티고 있을 뿐이었다.

　그런 그들이 할 수 있는 것이라곤 온 힘을 다해 그녀를 노
려보는 것뿐이었다. 하나, 그들을 내려다보는 유리피네스의 표
정은 극도로 차가웠고, 눈은 냉엄하기 그지없었다. 그런 그녀
를 바라보는 모든 이는 숨이 멎을 듯 정적을 유지할 수밖에
없었다.

지금까지 이런 그녀의 모습을 본 적은, 아니, 보여준 적은 단 한 번도 없었다. 그녀는 언제나 온화했다. 언제나 쾌활했으며, 언제나 모든 것을 포용했다. 하지만 지금 이 순간은 아니었다. 북풍한설이 몰아치는 얼음 마녀 같았다.

　'이것이……'

　'그녀의 진정한 모습인가?'

　'무섭구나. 무서워.'

　'지금까지 우리는 그녀를 잘못 보고 있었구나.'

　귀족들은 두려움에 떨었다. 하지만 이종족의 대표들이나 그녀를 지켜보는 용병들은 달랐다.

　'역시……'

　'으하하하, 용병왕님이 제대로 걸리셨군.'

　'통쾌하구나. 통쾌해.'

　그녀의 진정한 모습은 양쪽 다일 것이다. 그저 보여줄 필요가 없었을 뿐이었다. 하지만 지금은 달랐다. 이들은 아마도 지금의 상황을 낱낱이 보고 있을 것이다. 그래서 일부러 이 상황을 보여주는 마법 통신구는 건드리지 않았다.

　그것은 의도적이었다. 피를 덜 흘리기 위한 의도. 하지만 그 이외에는 용서할 필요가 없다고 생각했다.

　일벌백계.

　그들에게 경각심을 줄 것이다.

이 한 번의 힘의 개방으로 절대 용병들이 만만치 않음을 알리고, 결코 용서치 않을 것이라는 경고 말이다.

'이로써 그를 찾던 시선이 나에게로 향할 것이다.'

그녀는 알고 있었다.

세계를 파멸로 이끄는 힘이 있다는 것을.

그리고 그 힘이 아론을 찾고 있다는 것 역시.

아론은 아직 드러나면 안 되었다. 아니, 끝까지 아론은 드러나면 안 된다. 물론 아론이야 드러나도 상관없다고 말을 하긴 했지만 그것은 그의 생각일 뿐. 그녀는 그가 끝까지 감춰지고 감춰져 마침내 드러났을 때에는 비수가 되어 단숨에 파멸의 힘을 소멸시키기를 바랐다.

그래서 드러냈다.

네가 찾는 존재가 바로 나라는 듯이 말이다.

하지만 이것 역시 먹히지 않을지도 몰랐다.

파멸의 힘이라면 자신의 힘이 조금은 미약하다는 것을 느끼고 있을 것이다. 일곱 개의 구슬은 어떤 방법으로든 서로를 끌어당기고, 서로를 느끼게 마련이었다. 하지만 그것이 절대 호의적이지는 않았다.

호의적일 수도, 적대적일 수도 있었다.

악의 힘을 가졌다면 적대적이고 포악해 나머지 힘을 포식하길 원할 것이고, 선의 힘을 가졌다면 적대적이거나 포식보다는 공존을 원할 것이기 때문이었다. 아론과 유리피네스는 공존을 원했고, 세계를 파멸로 이끄는 자는 포식을 원할 것이다.

유리피네스는 모험을 하기로 했다.

그리고 그 결과가 지금의 상황으로 귀결되었다. 자신의 힘을 이겨내지 못하고, 겨우 버티기만 한 이들을 냉엄하게 바라보며 그녀의 입에서 마지막 한 마디가 흘러나왔다.

"소멸!"

"끄아아아악!"

"저… 주……."

"너를……."

비명과 끝맺지 못한 그들의 목소리가 들려왔으나 공허하게 허공을 맴돌 뿐이었다. 장내는 침묵할 수밖에 없었다.

휘우우웅!

무거운 바람이 불어 수북하게 쌓인 검은 재를 허공을 날려 보냈다.

"콜록! 콜록! 어따 맵네."

그 와중에 울프 일족의 대표인 마리우스는 손을 휘휘 저으며 입을 열었다. 그에 이종족의 대표와 그 굉장한 광경에 얼이 빠져 있던 이들이 정신을 차리고 피식 웃음을 지었다. 유리피네스의 모습은 이미 본래의 모습으로 돌아와 있었다.

"이건 뭐, 너무 깔끔해서 치울 것도 없구만."

"그러게."

울프 일족의 대표 마리우스와 노움 일족의 대표 프로모가 대화를 나눴다. 넓게 공간을 벌려 복면인들을 포위하고 있던 그들은 어느새 유리피네스가 있는 곳으로 모여 있었다. 그때 그녀의 곁으로 바티스타 공작이 다가와 무겁게 입을 열었다.

"꼭 이렇게 드러내야만 했소?"

"그는 아직 모습을 드러내서는 안 되오."

"하나……."

걱정스럽게 반문하는 바티스타 공작.

"제가 약하다고 생각하시나요?"

"그건……."

"그럴 수도 있겠지요. 하지만 전 약하지 않아요. 지켜야 할 것이 있는 사람은 결코 약해질 수 없죠. 그리고 전 아직 모든 것을 개방하지 않았어요."

"아!"

그는 무슨 말인지 알아챘다.

지금 보았던 장면.

참으로 인간으로서 보기에 경이롭기 그지없는 모습이었다. 검과 마법을 한꺼번에 사용하는 모습이란 그저 입을 쩍 벌리게 만들 정도였다. 하지만 그 모습이 모든 것을 보여준 게 아니라면 아직도 보여줄 것이 더 남아 있다는 걸 의미했다.

'도대체 그녀의 한계란……'

'더 보여줄 것이 있다. 그럼에도 용병왕과 견주기를 거부한다. 하면……'

'도대체 용병왕이 인간이기는 한가? 이종족 용병을 이끌고 있는 그녀의 실력이 이 정도임에야……'

기실 귀족들은 아론의 진정한 실력을 알지 못한다. 오늘 유리피네스가 그 실력의 일부를 보이지 않았다면 이들은 평생 유리피네스의 무서움을 모르고 살아갔을 것이다. 이것은 세계를 파멸로 이끄는 자에 대한 경고였지만 귀족들에 대한 경고이기도 했다.

그에 귀족들은 등골이 서늘해지는 것을 느꼈다.

'언감생심 용병들의 대지를 넘보지 말라는 말인가?'

'잘못 생각했구나.'

'지금의 용병왕과 용병들의 대지를 채우고 있는 용병들의 수준은 이미 제국이 어찌할 수 있는 수준을 넘어서고 있었구나.'

상대에 대한 경각심이 어느 정도여야지 넘볼 생각을 한다. 상상조차 할 수 없을 정도의 아득한 실력이라면 아예 넘볼 생각조차 들지 않는다. 그저 그렇구나, 하는 식으로 넘어갈 수밖에 없는 게 당연하다.

지금 귀족들은 그런 감정을 가질 수밖에 없었다.

'절대 적으로 돌려서는 안 된다.'

용병들은 제국에 우호적이었다.

그런 우호 세력을 적으로 돌릴 이유가 없었다.

그리고 솔직히 지금 제국에 닥친 몬스터 대침공을 막아낼 수 있었던 근본적인 이유는 바로 용병들이 있었기 때문이라 할 수 있었다. 제국은 언제나 주변으로부터 침략의 위험을 가지고 있었다.

세상에 그 어떤 왕국보다 강력한 제국.

하지만 그것은 제국의 힘이 강력했을 때의 일이다.

힘이 약해지고 병들게 되면 하이에나처럼 물어뜯기 위해 달려들 것이다. 한 점의 고기라도 더 뜯어 먹기 위해서 말이다. 그래서 몬스터의 대침공이 있는데도 불구하고 제국의 변방을 지키는 정예 병력을 몬스터의 대침공에 투입시킬 수 없었다.

때문에 귀족들은 자체적인 병력으로 몬스터 대침공을 막아내야 했다. 평소 훈련이 안 된 영지병이 대부분이었기에 그 한계가 뚜렷하게 나타날 수밖에 없었다. 하지만 거기에는 회심의 한 수가 있었으니 바로 용병이었다.

용병왕의 이름하에 하나로 모인 용병들.

용병들의 대지에 집결되어 단단한 바위가 된 용병들.

제국의 황제는 그들에게 의뢰를 했다.

제국을 구해달라고.

그들은 자신의 동료를 위해, 가족을 위해 일어섰고, 제국의 곳곳으로 파견되었다. 백만이 넘어가는 용병들의 힘은 여지없이 발휘되기 시작했다. 그 힘의 근원은 역시 플랑드르의 용병 아카데미라 할 수 있었다.

이미 용병왕과 용병들의 대지로 인정받기 전부터 운영되던 플랑드르의 용병 아카데미 이미 많은 용병들이 안고 있었고, 그 실력을 인정받았다. 그들은 정규 병사나 기사들보다 훌륭하게 몬스터들을 막아내고 몰아붙였다.

그들은 한 줄기 서광과 같은 존재였다.

이전처럼 거리의 부랑아 혹은 의뢰주를 등쳐먹는 그런 용병이 아니었다. 사람들은 그런 용병들에게 정예 용병이라느니 혹은 자유 기사라느니 아무거나 가져다 붙였다. 하지만 그들은 여전히 용병일 뿐이었다.

처음 용병들을 믿지 않았던 귀족들의 마음이 서서히 변해 가기 시작했다.

그리고 지금 여기에서 그 종지부를 찍었다.

용병은 이제 절대 무시할 수 없고, 제국을 떠받드는 네 개의 기둥 중 하나로 단단히 자리 잡을 수 있도록 결정적인 한 방을 먹인 장소가 바로 플랑드르의 중심부, 바로 여기였다. 그에 유리피네스는 엷은 미소를 떠올렸다.

'이제 됐구나.'

되었다. 이제 용병들은 안정적인 반열에 올랐다.

하지만 이제부터 시작이었다.

누군가 이런 말을 했다.

축성보다는 수성이 힘들다.

성을 쌓아올리고, 능력을 쌓아올리고, 목표를 위해 하나로 맹렬하게 돌진하는 과정은 참으로 지난하고 힘이 든다. 하지만 목표를 달성하고 난 이후가 더 힘들다. 달콤한 과실을 한 번 입에 문 이는 그 달콤함에 취해 자신이 지나온 힘들고 가시밭 같았던 길을 잊는다.

그리고 올라올 때보다 더 빠르게 내려온다.

산이 높으면 골이 깊은 법.

한번 내려오기 시작한 산은 다시 올라가기 쉽지 않다. 왜냐하면 너무 오랫동안 달콤함에 젖어 그 영광에 취해 현실을 외면하려 하기 때문이다. 처음과 같은 마음. 그 마음은 곧 수성이라 할 수 있었다.

제국이 지금과 같은 파탄을 낳게 된 연유는 바로 제국을 세울 때의 힘들고 고통스러운 과정을 잊었기 때문이다. 잊지 않기 위해서는 역사를 알아야 한다. 그 역사를 권력의 핵심만이 안다면 결국 역사는 반복될 수밖에 없다.

잔인하고 높고 두터운 신분의 벽과 그 신분의 벽을 유지하기 위한 귀족들의 제국민의 우매화 정책. 그것으로 인해 제국은 과거를 잊고 무너지고 있었다. 그것을 다시 일깨우고 세운 것이 바로 용병이었다.

　용병 역시 마찬가지다.

　지금의 과정을 뼛속 깊이 새겨야 한다.

　그래야 용병들의 대지는 영원할 것이다.

　'피의 무게와 그 가치를 알아야만 한다.'

　그래야 자유의 소중함과 정상의 고귀함을 알게 될 터이다. 그래서 함께 싸우는 것이다. 아론 혼자서, 유리피네스 혼자서 이종족의 대표들만이 싸우는 것이 아닌 모두가 함께 싸우는 것이다.

　그들이 각자의 생각에 빠져 있을 무렵.

　유리피네스의 머리에 하나의 음성이 들려왔다.

　'괜찮… 나?'

　'안 괜찮으면요?'

　'내가 파멸자가 됐겠지.'

　'훗! 협박이 꽤 늘었는데요?'

　'협박… 아닌데……'

　'괜찮아요. 모두 잘 정리되었어요.'

　'굳이 그럴 필요 없었는데……'

'내가 그렇게 하고 싶었어요. 혼자만 모든 것을 짊어지려 하지 마세요. 지금처럼 모두 함께하면 돼요.'

'자꾸 그러면 내 무덤이 초라해지는데.'

'좀 초라하면 어때요? 그래도 다른 누구보다 커다란 무덤이 될 거예요.'

'그건 그렇겠지. 저지른 죄가 있으니.'

'그 저지른 죄, 조금이라도 덜어주고 싶었어요.'

'…나 혼자면 되는데.'

'정말 그렇게 생각하세요?'

살짝 안색을 굳히는 유리피네스. 하지만 이내 들려오는 목소리에 달콤한 미소를 떠올렸다.

'아니. 둘이면 조금 더 편할지도 모르겠군.'

'많이 편하겠죠.'

'대신 마지막은 내 몫인 거 알지?'

'그것까지 빼앗지는 않을게요.'

'난 행복한 남자로군.'

아론의 마지막 말에 유리피네스는 어두운 야공을 보며 가지런하고 흰 이를 드러내며 웃었다. 그녀의 전신에서는 주변을 따뜻하게 하는 부드러운 후광과도 같은 것이 은은하게 퍼져 나왔다.

　　　　＊　　　　　＊　　　　　＊

"실패… 했습니다."

"어느 쪽인가?"

"양쪽 다입니다."

쨍그랑!

그에 들고 있던 유리잔을 떨어뜨렸다. 유리잔은 산산조각 나며 깨졌고, 그 안에 담겨 있던 액체는 고급스러워 보이는 사내의 신발을 적셨다.

"양쪽 다?"

"그렇습니다."

"……."

침묵이 흘렀다.

유리잔을 떨어뜨린 자의 시선이 창문 쪽으로 향했다. 그곳에는 강건한 등을 가진 한 명이 서 있었다.

"절망스러우냐?"

"…조금은."

"정상에 오르기까지는 많은 힘든 나날이 있다."

"알고… 있습니다."

"이 또한 그 과정 중의 한 부분일 뿐이다."

"하나 가문의 절반에 가까운 기사와 가병이 죽었습니다. 또

한 은밀히 준비한 5백의 기사까지. 회복이 쉽지 않은 타격입니다."

"우리는 아직 절반의 힘과 또 하나 감춰진 힘이 있다."

"절반이 사라졌는데 아직도 희망적이시군요."

"사실이니까."

그러면서 뒷짐을 풀며 돌아서는 사내. 창백한 얼굴, 적갈색의 눈썹, 감정이 담겨져 있지 않은 눈동자, 앙다문 입술. 마치 인간이 아닌 강철을 보는 것 같은 느낌을 주는 사내였다.

"내 아들, 아이언 칼뤼베이우스. 절망하지 말거라. 내가 있고, 네가 있으며, 가문이 있으니."

"순수한 우리의 힘이 아닙니다."

"상관있느냐?"

"스스로의 힘으로 달성하지 못한 목적은 결국 공허할 뿐입니다."

"나약해졌구나."

"아버지께서 변하신 겁니다."

"가주라 불러라."

"가주님께서 변하신 겁니다."

"가문의 영광을 위해서 나는 그 무엇이든 할 수 있다."

"아들을 폐인으로 만든 분이시니 무엇을 못하시겠습니까?"

"가문의 영광은 곧 너의 영광이다."

"누가 그럽니까?"

"내가 그리 말한다."

"미… 치셨습니까?"

"내가 미쳤다고 생각하나?"

"그렇습니다."

"왜?"

"손을 잡지 말았어야 할 힘입니다."

"이 힘이 말이냐?"

그러면서 창을 등지고 선 자가 손을 들어 올렸다. 그의 손에서는 검푸른 불이 일어나 타오르기 시작했다. 그 검푸른 불은 탁하고 공포스럽고 절망스러웠다. 그 불에 비친 사내의 얼굴은 푸르스름하고 위험하게 변해갔다.

"아버지……."

"가주라 불러라. 너같이 심약한 아들을 둔 적이 없으며, 난 아들을 그렇게 훈육한 적이 없다."

"왜 그렇게 변하셨습니까?"

"변한 것이 아니다. 이것이야말로 정점으로 가는 방법일 뿐이다."

"정점에 오르면 어떻게 될 것 같습니까?"

"무슨 말이냐?"

"그 힘을 준 자가 어떻게 나올 것 같습니까?"

"나는 그보다 강하다."

"통제하지 못한 힘으로 어찌 그것을 장담하십니까?"

"뭐라 했느냐? 내가 이 힘을 통제하지 못한단 말이더냐?"

"아닙니까? 하면, 왜 변하신 겁니까?"

"통제했기 때문에 변한 것이다."

"아닙니다! 통제하지 못했기 때문에 변하신 겁니다. 모든 것에는 인과율이 있는 법. 기사들이 모두 마스터가 되면 무엇에 씁니까? 사람의 피를 마시고, 살을 씹어 먹는 기사가 어찌 기사라 할 수 있습니까?"

"죽어 마땅한 자는 죽는 것이 정상이다."

"세상 어디에 죽어 마땅한 자가 있단 말입니까. 그것을 도대체 누가 판단한 말입니까?"

"나다. 내가 결정한다."

"아버지!"

"흥분했구나. 쉬어라."

사내는 울부짖었고, 그 사내를 가리켜 잠들게 만들었다.

툭!

창백하고 피폐한 얼굴.

피골이 상접했다.

이자는 바로 에퀘스의 성역의 제7성좌에 올라 있는 칼뤼베이우스 가문의 당대의 가주 아이언 칼뤼베이우스. 굴카마스 가문에서의 그 당당한 모습은 온데간데없고, 마치 시체처럼 창백하며 깡마른 모습만 존재할 뿐이었다.

그런 아이언 칼뤼베이우스를 바라보는 자.

그는 당대의 가주의 아버지이자 철혈의 군주라 일컬어지는 메탈리움 칼뤼베이우스였다. 하지만 뭔가 이상했다. 강한 신념이 가득한 눈동자가 뒤틀려 있었다. 푸른색의 귀화가 일렁이는 그의 눈동자는 자신의 손짓에 의해 잠든 아들을 무심하게 바라보고 있었다.

그러다 무언가 마음에 들지 않는 듯이 고개를 흔들었다.

"어디쯤 오고 있나?"

"하루 정도면 가문에 도착할 것입니다."

"그래. 준비는?"

"8할은 완성이 되었습니다."

"2할은?"

"감금시켰습니다."

"그래, 그래야지. 그들 역시 가문을 위해 목숨을 바쳤던 사람이니까."

"하면 가주는……."

"치워라."

"알겠습니다."

전대 가주의 말에 사내는 가주를 한 손으로 잡고 질질 끌려 했다. 그에 메탈리움 칼뤼베이우스의 눈썹이 꿈틀거리며 싸늘한 목소리가 흘러나왔다.

"그는 가주다."

그에 말없이 메탈리움 칼뤼베이우스를 바라보는 그의 눈동자에는 아무런 감정도 떠올라 있지 않았다.

"나약하지만 내 아들이고, 아직까지 가주의 자리에 있다."

"……."

그의 강경한 말에 질질 끌고 가려던 자세를 바꿔 두 손으로 아이언 가주를 들었다. 그런 사내의 모습을 무감정하게 바라보는 메탈리움 칼뤼베이우스. 그리고 이내 신형을 돌려 창문 밖을 내다봤다.

"나는 내 선택이 옳다고 생각한다."

"옳습니다."

어느새 들어왔던가?

창백한 얼굴에 붉고 얇은 입술을 지닌 자가 입을 열었다.

"안드레이……."

"강녕하셨습니까?"

"내가 강녕하지 못할 이유가 있던가?"

"그렇지요. 그 누가 그랜드 소드 마스터에 오른 가주님을 어찌할 수 있을까요."

"나는 가주가 아니네."

"아! 죄송합니다."

그러면서 어색한 미소를 떠올리는 안드레이.

"그들을 맞이할 준비는?"

"별다를 게 있겠습니까?"

"준비를 완료했다는 말이로군."

"전 언제나 주군의 명을 이행합니다."

"그 말… 진심인가?"

"제가 진심이지 않을 때가 있었습니까?"

"천 개의 뇌를 가지고 있다는 자네네."

"다들 그렇게 부르더군요."

"그런 자네를 가장 잘 아는 나조차도 자네가 무슨 생각을 하는지 알 수 없네."

"전 언제나 진심을 다할 뿐입니다."

"천 개의 뇌 중 한 개의 뇌의 진심이지."

그에 기분 나쁜 웃음을 짓는 안드레이.

"그렇다 하더라도 진심은 진심입니다."

"그 진심 속에 나의 아들도 들어 있던가?"

"들어 있습니다."

"어떤 진심인가?"

신형을 돌려 안드레이의 눈을 응시하는 메탈리움 칼뤼베이우스. 그의 시선에 담긴 기세는 일반인이 쉽게 받아들일 수 없을 정도로 강렬했다. 하지만 안드레이는 아무렇지도 않다는 듯이 그의 기세를 받아넘기며 입을 열었다.

"칼뤼베이우스 가문의 가주입니다."

"자네의 손 위에 있는 가주인가?"

"어찌 그런: 그런 일은 없을 것입니다."

"아니, 그게 아니지. 나 또한 자네의 손에서 벗어난 지 얼마 되지 않았으니."

"……"

그에 서늘한 표정을 지어 보이는 안드레이. 하나 이내 만면에 미소를 떠올리며 입을 열었다.

"그래서 싫으십니까?"

"아니. 결국 난 자네의 손을 벗어날 정도로 강해졌지. 시간이 조금 더 걸렸을 뿐."

"다행입니다."

"그래서 걱정이야."

"뭐가 말입니까?"

"내 아들 놈, 너무 심약하거든."

"강해질 겁니다. 마스터께서 그러했듯이 말입니다."

안드레이의 말에 고개를 끄덕이는 메탈리움 칼뤼베이우스.

"그 시간이 짧았으면 좋겠군."

"그거 장담할 수 없군요."

"이제 나가봐야 할 것 같군."

"모시겠습니다."

메탈리움 칼뤼베이우스와 그의 오랜 책사인 안드레이 치카틸로가 말없이 걸음을 옮겼다. 그들이 향하는 곳은 칼뤼베이우스 가문의 연무장이었다.

그 시각 칼뤼베이우스 가문으로 향하는 일단의 무리가 있었다.

그 무리의 선두에 선 자는 익히 아는 자였다.

바로 아론이었다.

그리고 그 뒤를 따르는 이들은 아론을 따르는 용병들.

그들이 칼뤼베이우스 가문으로 향하고 있었다.

그들은 모르겠으나 용병들이 칼뤼베이우스 가문의 복면인을 맞이하듯 칼뤼베이우스 가문 역시 똑같이 그들을 맞이하고 있었다. 활짝 열려진 문. 환히 밝혀진 칼뤼베이우스 가문.

"저거……"

"왜?"

"함정일까요?"

"함정이면 뭐 어때서?"

"위험하잖습니까?"

"괜찮아. 쫄 필요 없어."

"아니, 그게 아니잖습니까?"

"아니긴 뭐가 아니야? 아무리 에퀘스의 성역의 마지막 좌라고는 하지만 칼뤼베이우스 가문인데. 솔직히 말해."

"맞습니다. 맞아요. 겁이 납니다. 그러니까……."

"그러니까 가서 부숴 버려야지."

"아니, 그게……."

"언제까지 과거에 얽매여 살아갈 수는 없잖아? 새로운 시대니 새롭게 시작해야지."

"아니, 그게 어디 마음대로 된답니까? 저곳은 칼뤼베이우스 가문의 본진이란 말입니다."

"알아. 그러니까 가는 거야."

"……."

아론의 막무가내에 마침내 위크닉은 입을 닫았다. 어떻게 해도 물러서지 않겠다는 아론의 생각을 읽었기 때문이었다.

"두려운가?"

"…두렵지 않다면 거짓말이겠지요."

"그래. 두려울 만도 하겠지."

"안 두렵습니까?"

"별로."

"그 거짓말, 정말입니까?"

"내가 두려워 보이나? 아니면 내가 억지로 꾸민 것 같은가?"

"그건 아니지만……."

"제대로 보긴 봤군."

"그런데 이건 무모하잖습니까?"

"뭐가 무모해?"

"정말……."

"이해할 수 없다?"

"그렇습니다."

"저들은 우리를 초대했어."

"초대입니까?"

"그래. 그 의미가 뭐라고 생각하나?"

"그건……."

아론의 질문에 생각에 잠기는 위크닉. 한참을 그렇게 침묵 속에 걸음을 옮기던 그가 드디어 입을 열었다.

"그들은 우리를 통해 힘의 건재함과 동시에 세상에 경고하기 위함이로군요."

"그래. 그리고 이곳에서 모든 상황을 반전시켜서 용병들의 대지를 향할 것이고, 모든 것을 불태우고 본때를 보여주겠지. 그 다음은 에쿼스의 성역의 가문들이겠고, 그 다음은 제국이겠지."

"그… 렇군요."

침잠된 목소리로 아론의 말에 동의하는 위크닉.

"그렇기 때문에 우리도 보여줘야지."

"보여준다 함은……."

"용병들의 힘을. 결코 약하지 않다는 것을."

"그래서……."

"그들의 초대에 응한 것이다."

"그렇군요."

"하지만 쉽지는 않을 거야."

"그야 물론……."

"그들이 에퀘스의 성역의 7좌에 있어서 강한 것이 아니라 그들은 손대지 말았어야 할 힘에 손을 댔기 때문에 쉽지 않다는 것이다."

"손대지 말았어야 할 힘이라면……."

"생각해 봐."

"…설마?"

슬쩍 위크닉의 얼굴을 본 아론은 고개를 끄덕였다.

"그 설마가 맞을 거야."

"허어~ 사라진 지가 언제인데……."

"밝음이 있으면 어디서나 어둠이 있게 마련이지."

"그야 그렇지만……."

"자네는 지금의 모든 상황이 그저 단순하게 일어난 일이라고 보나?"

"지금의 모든 상황이라 하면?"

"……"

답을 해주지 않는 아론. 그런 그를 뚫어지게 바라보다 점점 눈동자가 커지는 위크닉.

"설… 마 이 모든 것이 하나로 연결되어 있다는 말입니까?"

"그래."

"이 모든 것이 말입니까?"

"그래."

"있을 수 없는 일입니다. 이것은 아주 오랫동안 계획되고 실행되어야 할 일입니다. 단지 한 단체에서 혹은 조직에서 행한다고 해서 이뤄질 수 없는 일입니다."

위크닉의 말에 걸음을 멈춰선 아론이 전면의 환하게 밝혀진 칼뤼베이우스 가문의 보며 나직하게 입을 열었다.

"이미 오래전부터 시작했다. 한 사람으로부터 시작해서 하나의 조직이, 하나의 단체가, 한 지역이 그렇게 변해가고 이뤄지게 되었다."

아론의 말에 위크닉은 마른침을 삼킬 수밖에 없었다. 그 이유는 상상조차 할 수 없을 정도의 거대한 무엇 때문이었다. 제국의 모든 조직이 결코 벗어날 수 없도록 옭아맨 거대한 조직. 그리고 그 거대한 조직의 정점에 선 자 때문이었다.

"그게… 가능한 일이었습니까?"

"가능하지. 가능했기에 지금과 같은 상황이 벌어지게 된 것이지."

아론의 말에 침울하게 굳어졌던 위크닉. 그리고 어느 순간 그는 놀라움을 넘어서 경악에 가까운 표정을 지으며 아론을 바라봤다.

"용병왕께서는……."

"어떻게 알았느냐고?"

"그렇습니다."

"이 모든 일을 계획하고 실행에 옮긴 자는 나와 비슷한 힘을 가졌거든."

"그게 무슨……."

"일단 그렇게만 알아둬. 나중에 설명할 시간이 있을 테니까."

"알겠습니다."

아론의 말을 알아들었다.

지금은 눈앞의 상황에 집중해야만 했다. 그리고 같은 힘이라 할지라도 아론은 작금에 벌어진 일을 수습하려 하는 것이지 더 크게 벌이고, 세상을 절망의 구렁텅이로 몰아넣으려는 것이 아니었다.

그가 침묵하자 정적이 감돌았고, 유일하게 들려오는 소리는 그들의 발소리뿐이었다. 훤히 열린 칼뤼베이우스 가문의 정문으로 당당하게 걸어 들어가는 아론과 용병들. 외문을 지나고 넓은 외문 연무장도 지나쳤다.

길고 곧게 뻗은 대로를 따라 내문으로 들어섰을 때, 그들은 자신들을 기다리고 있는 칼뤼베이우스 가문의 기사들과 가병들을 볼 수 있었다. 그리고 용병들은 자신들을 맞이하는 그들의 모습이 어딘가 부자연스럽다는 것을 알 수 있었다.

"뭔가……."

"어둠에 물들었군."

무슨 말을 하려던 위크닉의 말에 앞서 아론이 가볍게 입을 열었다.

"어둠에 물들었다 함은……."

"흑마법에 의해 재탄생한 자들이지. 아마도 저기 있는 병사들조차도 일반 기사들과 대적할 정도의 힘을 가지고 있겠지."

"그렇다면 우리가……."

"자네는 우리 용병들을 너무 과소평가하는 경향이 있어."

"절대……."

"그렇지 않다고 말을 하겠지. 하지만 맞아. 내 뒤에 있는 이들이 흔들리던가?"

그에 위크닉은 자신도 모르게 말없이 아론을 따르고 있는 용병들을 바라봤다. 그들은 자신이 가진 무기를 꽉 움켜쥔 채 그들을 기다리는 칼뤼베이우스 가문의 기사들과 병사들을 노려보고 있었다.

분노가 아닌 타오르는 호승심이었다. 그들도 알고 있었다. 아니, 이 안에 발을 내디딘 순간 저들이 뭔가 이상하다는 것을 알 수 있었다. 인간이라면 아무리 노력해도 안광이 푸르스름하게 빛날 수 없었고, 전신에서 역겨운 냄새가 흘러나올 수 없었다.

더군다나 그들의 전신은 군데군데 썩어 있기까지 했다. 하지만 그것을 알고 있어도 용병들의 투지는 줄어들지 않았다. 오히려 빨리 싸워 저들이 안식에 들기를 소원하고 있었다.

"너무 갔군."

"예?"

"우리가 무슨 성전을 하는 천사들도 아니고, 저런 것들을 보고 안식이나 뭐, 그런 생각을 하면서 저것들과 싸우겠나?"

"커흠, 흠."

"그냥 싸우는 거야. 사람한테 죽어도 서러운데 저런 더러운 것들한테 죽으면 더 서럽잖아. 안 그래?"

아론의 말에 그의 뒤에 있던 레이 프리스트와 기네딘 골로프킨 그리고 막시무스가 피식 웃어버렸다.

"저런 놈들한테 죽기에는 그동안 고생한 게 조금 아깝기는 하죠."

"거봐."

아론은 마치 어린아이가 자신의 말이 맞자 자랑하듯이 어깨를 으쓱하며 위크닉을 바라봤다. 그에 위크닉은 피식 웃어 버렸다.

'웃으면 안 되는데… 희한하게 웃게 되네.'

그렇다고 긴장감이 떨어진 것은 절대 아니었다. 전신에 끊임없는 투기가 끓어오르고 있었다. 오랫동안 머리만 썼기에 조금 잃어버렸던 투지가 치솟아 올랐다. 그에 아론은 그런 위크닉의 어깨를 툭툭 건드리며 입을 열었다.

"바로 그거야. 지금은 머리보다는 바로 그런 자세가 필요한 거지. 뭐든지 가로막으면 부숴 버리겠다는 그런 의지와 자세 말이지."

"오랫동안 잊고 있었던 것을 되찾은 느낌이군요."

"그럼 조금 이따가 한번 날뛰어보자고."

"알겠습니다."

말을 마친 아론이 걸음을 옮겼다.

그가 중앙에 도달했을 즈음.

연무장을 내려다보는 자리에 앉아 있던 자가 입을 열었다.

"기다리고 있었다."

"그런 것 같군. 말이라도 전하지. 그럼 조금 더 빨리 왔을 것을."

"훗! 긴장감이 없는 것인가?"

"뭐, 이런 것으로 긴장하기는 좀 그렇지. 그래도 용병왕인데."

"그런가? 나는 칼뤼베이우스 가문의 전대 가주이자 철혈의 군주 메탈리움 칼뤼베이우스라고 한다."

"늙고 노망났으면 그냥 죽을 것이지 꺼져가는 생명을 붙잡고 추잡하게 이게 뭔 짓인지 모르겠군."

아론의 말은 거침없었다. 하지만 그런 거침없는 말에도 불구하고 메탈리움 칼뤼베이우스는 아무런 동요도 없었다. 마치 감정이 없는 것처럼 말이다.

"혀가 매서운 놈이로구나."

그때 메탈리움 칼뤼베이우스 전대 가주의 옆에 서 있던 회백색의 얼굴에 얇고 붉은 입술을 가진 그의 오랜 책사 안드레이 치카틸로가 입을 열었다.

"너 거시기는 있냐?"

"뭐라고?"

"아니, 뭐 내시같이 생겼기에 물어본 말이다. 모르면 됐고."

아론의 알 수 없는 말에 고개를 갸웃하는 안드레이 치카틸로. 하지만 분명한 건 기분이 매우 나빴다. 이상하게 그의 말 한마디 한마디가 심장을 콕콕 찌르는 것 같았다.

"젊은 놈이 못하는 말이 없구나."

"거참, 뭔 말인 줄 알고 그렇게 말하는 거냐? 그리고 나 그렇게 안 젊거든?"

"감히……."

"아, 됐고. 싸우자."

"뭐?"

아론은 형식과 격식을 모두 쓰레기통에 버렸는지 억지 같은 말을 툭 내뱉었다. 고귀한 에퀘스의 성역에서 예를 기본으로 삼던 이들에게는 그야말로 말도 안 되는 행태임이 분명했다.

그에 기사들과 가병들에게는 놀라움과 자신들을 무시했다는 분노를, 용병에게는 '우리 용병왕 잘한다'는 그런 표정을 짓게 만들었다. 사실 이곳으로 들어올 때부터 아론은 당당했다. 마치 자신의 안방인 양 말이다.

그래서 용병들 역시 자신감을 되찾았다고 할 수 있었다. 그의 등은 용병들에게 '쫄지 마!' 라고 외치는 것 같았다.

"그래. 싸우자."

홍이 동한 건지 아론의 건방진 말이 마음에 든 건지 메탈리움 칼뤼베이우스는 깡마른 손을 들어 올렸다.

까딱!

그가 손을 까딱거리자 가병들이 움직였다. 그들이 움직일 때마다 코가 썩을 것 같은 심한 악취가 흘러나왔고, 암울한 어둠이 함께 달려오는 것 같았다.

"부숴 버려."

"그 말을 기다렸습니다."

배틀해머를 든 레이 프리스트가 웃으며 앞으로 튕겨져 나갔다. 그에게는 어떤 두려움도 없어 보였다. 그 뒤를 이어 기네딘 골로프킨과 막시무스가 나란히 달려 나갔다.

"우와아아!"

"죽여 버려!"

"워매, 코 썩는다."

그리고 용병들이 달려 나갔다.

변질된 가병들과 용병들이 부딪혀 갔다.

콰앙! 콰직! 콰자자작!

레이 프리스트의 배틀해머가 가장 선두에 선 가병의 머리를 통째로 날려 버렸다. 뒤이은 기네든의 배틀엑스가 가병을 수직으로 쪼개 버렸으며, 막시무스는 다섯 자루의 단창을 날려 가병들을 죽음으로 몰아넣었다.

그런 그들을 잠시 일별한 아론은 마치 산책하듯 걸음을 옮겨 메탈리움 칼뤼베이우스가 있는 곳으로 향했다. 그의 곁에 있는 위크닉 역시 자신의 애검을 움켜쥐며 아론을 따랐다. 한데 아론의 앞으로 달려오는 기사가 있었다.

퍼석!

그러나 달려올 때보다 더 빠르게 튕겨져 나갔으며 검은 재를 남기고는 흔적도 없이 사라져 갔다.

'뭐지?'

보지도 못했다.

어떻게 손을 썼는지 말이다.

하지만 그런 현상은 계속되었다.

가까이서 보지 않았다면 마치 잘 짜인 한 편의 연극을 보는 것 같은 느낌이 들 정도였다. 그에 위크닉은 집중했다. 그리고 그 단편을 볼 수 있었다. 아론은 무심하게 걷는 것 같지만 그의 손속이 보이지도 않을 정도로 빠르게 휘둘러지고 있다는 걸 말이다.

자신이 보기에 아론을 향해 쇄도하는 기사들은 자신과 거의 비슷하거나 조금 앞선 실력자들이었다. 그런데 그런 자들이 제대로 힘 한번 써보지 못하고 죽음을 맞이하고 있었다. 입이 절로 벌어졌고, 마른침을 삼킬 수밖에 없었다.

"이 정도면 해볼 만하겠지?"

문득 들려오는 목소리에 위크닉은 정신을 차렸고, 어느새 기백의 수를 자랑하던 기사가 몇수십으로 줄어든 것을 확인할 수 있었다.

"하지만⋯⋯."

"해봐. 별거 아냐. 깨달음으로 마스터에 오른 자와 강제로 만들어진 자의 그 힘의 운용 면에서 차이가 있으니까. 저놈들 받은 힘도 제대로 쓰지 못하고 있으니 그리 어렵지 않을 거야."

"그렇다면야."

아론이 그렇게 말하니 또 그렇게 될 것 같은 느낌이었다.

"그럼 난 먼저 갈 테니 정리 좀 해."

그 말과 함께 그의 신형이 주욱 늘어나 철벽처럼 막고 있던 기사들을 건너뛰었다. 기사들이 아론을 막으려 신형을 돌리려는 순간 위크닉이 자신의 애검을 들고 그들 사이로 뛰어들었다.

"너희들의 상대는 여기 있다."

콰아악!

콰직!

그의 검이 휘둘러졌고, 그의 검을 막으려던 기사는 검과 함께 통째로 잘려졌다. 그때 위크닉의 귀로 들려오는 목소리가 있었다.

"아 참, 잊었는데 그놈들 언데드라 머리를 박살 내야 소멸돼."

그리고 그것을 증명이라도 하듯이 방금 반으로 자른 기사가 다시 달라붙고 있었다. 그에 위크닉은 신경질적으로 입을 열었다.

"쓰벌, 진즉 말을 해주지."

"아는 줄 알았지."

"헉!"

마치 옆에서 말을 하듯 자신의 독백에 답을 하는 아론. 그에 위크닉은 헛바람을 들이킬 수밖에 없었다.

'염병, 귀도 밝아.'

이번에는 독백을 하지 않고 속으로 생각했다. 그러면서 그는 검을 휘두르기 시작했다. 한 번이 아닌 여러 번. 그에 다시 달라붙고 있던 기사의 머리가 산산조각 나 흩날리고 있었다. 피라든가 혹은 뇌수 같은 것은 전혀 보이지 않았다.

그에 나는 기사들이 시뻘건 안광을 쏘아내며 위크닉을 향해 다가오기 시작했다. 그들의 검에는 검은색의 오러 블레이드가 넘실거리고 있었다.

"저게 뭐, 간단하다고? 저거 오러 블레이드인데?"

어처구니없다는 듯이 독백을 해버린 위크닉.

"다 싸우면서 크는 거야. 혹시 알아? 싸우다 보면 그동안 도달하지 못한 경지에 도달할지?"

"……."

그에 아예 입을 닫아버리는 위크닉. 실수는 두 번이면 족했다.

'쓰벌, 네놈들이 죽나 내가 죽나 한번 해보자.'

눈을 부릅뜬 위크닉이 자신을 향해 쇄도하는 언데드 기사들의 한가운데로 뛰어들었다. 그런 위크닉을 보며 피식 웃음을 보이던 아론은 이내 웃음을 지우고 전면을 바라봤다. 그

전면에는 지금 위크닉이 상대하고 있는 기사들보다 더 농밀한 어둠을 간직한 1백여의 기사들이 있었다.

"데쓰 나이트인가?"

"알고 있군. 그러면 그들의 무서움도 알겠군."

"알지. 너무 잘 알아. 병신같이 욕심 때문에 무너진 기사 같지 않은 기사들이지."

"감히……."

"일단 이런 잡것들을 치우고 이야기하지."

그리고 아론은 1백여의 데쓰 나이트가 우글거리는 한가운데로 뛰어들었다.

CHAPTER 5

안드레이 치카틸로

　대담하게도 1백여의 데쓰 나이트가 우글거리는 곳으로 뛰어든 아론. 그런 아론의 모습을 비릿한 미소를 지으며 지켜보는 메탈리움 칼뤼베이우스 전대 가주와 그의 책사인 안드레이 치카틸로. 그리고 다크 나이츠의 단장인 토마스 트레숀과 다크 매지션즈의 단장인 데빌 디아즈.

　각각의 직책과 위치는 달랐지만 그들이 데쓰 나이츠의 한가운데로 떨어져 내리는 아론을 보고 느끼는 감정은 똑같았다. 물론 그들은 전체를 아우를 뿐이지 직접적으로 이 전투에 참여하지 않았다.

아니, 그들은 자신들이 참여하지 않아도 충분히 이 상황을 마무리 지을 수 있을 것이라고 생각했다. 실제로 지금 전대 가주를 호위하고 있는 500명의 다크 나이츠와 100명의 다크 매지션들은 용병들과 싸우고 있는 이들과 비교하면 조금 모자랐다.

그 이유는 싸우고 있는 이들은 언데드였지만 남아 있는 이들은 인간이었기 때문이었다. 물론 흑마법으로 강화되고 개조된 인간이기는 했지만 그렇다 하더라도 엄연히 이성이 남아 있는 인간이 분명했다.

객관적인 전투력에 있어서 지금 용병들과 싸우고 있는 이들보다 강력해질 수 없었다. 하지만 유기적인 전투의 연계성을 살펴봤을 때 저들보다 훨씬 더 파급력이 강한 존재였다. 약간 떨어지는 전투력에 월등한 지능이 있으니 말이다.

그리고 이들은 칼뤼베이우스 가문의 미래이다. 이 상황이 정리되면 언데드들은 그 효용 가치가 떨어진다. 에퀘스의 성역의 제7좌인 대칼뤼베이우스 가문이 언데드를 이용했다는 말만으로도 그 위신은 땅에 떨어질 일이었다.

그런 그들의 효용 가치는 단지 현재의 상황을 벗어나는 것 이외에 사용할 곳이 없었다. 게다가 향후 이미 만들어진 언데드들을 어떻게 처리할지는 아직 정해진 바가 없었다. 가문의 비밀 병기로 남겨놓을지 아니면 바로 폐기 처분할지 말이다.

전장을 무심한 표정으로 내려다보고 있는 메탈리움 칼뤼베이우스 전대 가주의 고개가 모로 꺾였다. 지금의 상황이 마음에 들지 않는다는 표정이었다.

"다크 매지션을 합류시킵니까?"

"그것도 괜찮은 생각이로군."

그의 말이 떨어지기 무섭게 1백의 다크 매지션의 단장으로 있는 데빌 디아즈가 허리를 숙였다. 그 말이 떨어지기를 기다렸다는 듯이 말이다. 그가 허리를 숙이자마자 검은색 로브와 후드를 뒤집어쓴 1백의 매지션들이 움직이기 시작했다.

그들의 움직임은 마법사답지 않게 신속했다.

플라이와 블링크 마법을 너무나도 자연스럽게 사용하고 있었다. 그 말인즉 지금 다크 매지션이라 불리는 자들은 최소 5서클의 경지에 이르러 있다는 것을 의미했다. 바벨의 탑의 마법사들이 이 광경을 보았다면 심장이 튀어나올 만큼 경악했을 것이다.

마법사란 귀중한 전력으로서 1서클이나 2서클의 자유 용병이 있을지는 모르나 3서클 이상의 마법사는 절대 바벨의 탑의 손아귀에서 벗어날 수 없었다. 그 이상의 마법사들은 모두 바벨의 탑 소속의 마법사였다.

그런데 마법사의 탑도 아닌 마법사들을 경시하는 기사의 성역에서 5서클 이상의 마법사가 1백 명이나 된다. 그것을 도대체 어떻게 생각하고 판단해야 될까? 하지만 상관은 없었다.

이곳은 칼뤼베이우스 가문이었고, 그 누구도 감히 범접할 수 없는 곳이었다. 그들의 표정은 무표정했으나 그 무표정함 속에서도 그들은 숨길 수 없는 자부심이 떠올라 있었다. 기실 칼뤼베이우스 가문은 검을 주로 사용하는 기사의 가문이었지만 상당한 수의 방계 기사들이 존재했다.

그중에 마법을 다루는 가문도 있었다. 마탑이든 기사들의 성역이든 간에 오로지 마법사로, 혹은 오로지 기사들로만 이뤄진 가문은 없었다. 단 하나의 방계든 어쨌든 간에 반드시 마법사와 기사가 있게 마련이었다.

처음 그들의 가문이 일어섰을 때 마법사와 기사들은 동등한 입장이었으나 가문 내에서 권력 다툼이 계속되고, 평화의 시기가 오래 지속되자 마탑에서는 마법사가, 성역에서는 기사들이 득세하게 되었다.

그러자 마탑을 이루는 기사들은 어둠 속으로 사라졌고, 에쿼스의 성역을 함께 세웠던 마법사들 역시 마탑의 기사들과 다르지 않게 겨우 그 명맥만 유지할 수 있을 정도였다. 그러나 언제부터인가 마탑이든 에쿼스의 성역든 암암리에 사라졌던 기사와 마법사의 힘을 키우기 시작했다.

'우리의 효용성을 다시 한 번 확인시킨다.'

지금 다크 매지션을 이루고 있는 1백의 마법사들.

이들은 칼뤼베이우스 가문의 직계가 아니다. 버려졌던 방계의 인물들이었다. 하나 전대 가주인 철혈의 군주 메탈리움 칼뤼베이우스가 자신들을 다시 찾아왔다. 가문을 일으키는 데 다시 힘을 보태라고.

처음엔 코웃음 쳤다.

버릴 때는 언제고 이제 와서 자신들을 찾아왔느냐고 말이다. 하지만 당시 데빌 디아즈는 마법사들의 현 상황을 너무나도 잘 알고 있었다. 칼뤼베이우스 가문의 방계라고 하지만 그들이 가진 마법의 힘은 9할 이상 소실된 상태.

그러함에도 마법사의 가문을 지킬 수밖에 없었다. 선대의 유언으로 인하여 결코 다른 길로 갈 수 없었다. 그들은 자존심이 있었다. 최초 칼뤼베이우스 가문의 기반을 다지는 데 마법사들의 역할이 지대했음을 말이다.

그것을 잊지 않았고, 그들은 실력이 없어도 그런 자존심으로 똘똘 뭉쳐 있었다. 그런 자신들에게 메탈리움 칼뤼베이우스는 마법서를 내어놓았다. 잃어버리고 소실되었던 마법을 다시 회복시킬 수 있는 마법서와 마나 호흡법이었다.

혹은 과거의 영광을 다시 맛볼 수 있는, 아니, 오히려 더 많은 영광을 가져다줄 마법서이자 마나 호흡법이었다.

"진정한 이유가 무엇이오."

"알고 싶은가?"

"알고 싶소. 우리는 이미 칼뤼베이우스 가문에서 버려졌소. 아주 오랫동안. 그런데 이제 와서 우리 마법 가문을 복원시키려 하는 이유가 무엇이오."

"가문의 영광을 위해서다."

"흥! 가문의 영광이 우리의 영광으로 이어지리란 법이 있소? 이미 버려졌던 우리인데 말이오."

"그러면 왜 가문을 떠나지 않았나?"

"그것은……."

"미련이 남아서지."

"인정하기 싫지만 그 말이 맞을 것이오."

"그 미련을 현실에서 이루고 싶지 않나?"

"이것으로 말이오?"

데빌 디아즈는 자신의 앞에 놓인 몇 권의 낡은 마법서와 소실되었던 모든 것을 원상 복귀시켜 줄지도 모를 것들을 눈으로 가리키며 물었다.

"이것은 시작일 뿐이다."

"하지만 이제 당신은 가주가 아니지 않소."

"하지만 철혈의 군주 엘더 에퀘스라는 것은 아직 유효하지."

"……."

메탈리움 칼뤼베이우스의 말에 그를 직시하는 데빌 디아

즈. 그는 여전히 앞에서 자신을 설득하고 있는 메탈리움 칼뤼베이우스를 믿지 못하고 있었다. 기실 지극히 의심스러웠다. 모두가 포기하고 버렸던 칼뤼베이우스 가문의 유일한 마법 가문.

한미하기가 문지기만도 못한 이름뿐인 디아즈 가문이었다. 그런데 버릴 때는 언제고 이제 와서 자신을 찾아와 돌아와 달라고 한다. 그것도 마법에 대해서 제대로 알지도 못하는 기사가 말이다.

그런 데빌 디아즈의 생각을 읽은 것인지 메탈리움 칼뤼베이우스는 말없이 자신의 손을 들어 탁자 위에 올려놓았다.

그리고.

화르르륵!

그의 손에서 검푸른 불꽃이 일었다.

그에 데빌 디아즈의 눈동자가 커졌다.

초보적이기는 하지만 그것은 분명 가장 강력한 공격 마법을 구사하는 위저드의 버닝 핸드가 분명했다. 소드 마스터 이상의 기사들은 손에서 불꽃을 피워 올릴 수 있었다. 하지만 기사의 불꽃과 마법사의 버닝 핸드는 그 발현하는 과정이 달랐다.

아무리 소실되었다고 해도 데빌 디아즈는 마법사였다. 마나에 민감한 마법사이고 상대가 아무리 자신과 비견조차 할 수 없을 정도의 실력을 가진 자라 할지라도 마법 발현의 과정을 못 알아볼 리는 없었다.

"어떻게……"

"자네도 알지 않나? 그레이트 소드 마스터에 오르면 정신적인 확장의 단계에 이르러 마법이나 검이나 매한가지임을 말이야."

"그렇다고는 하나 나는 아직까지 그레이트 소드 마스터에 올라 마법과 검을 함께 나눈나는 소리를 듣지 못했소."

"맞아. 나는 마검사가 아니네. 단지 자네에게 보여주기 위해 마법을 발현했을 뿐."

"그것이 무슨 상관이오."

"나를 따른다면 마법을 배울 의향이 있네. 그리고 마법사를 배척하지 않을 것이라 장담할 수 있지."

"하지만 당대일 뿐이지 않소. 그리고 현 가주도 아니고 말이오."

"그게 문제이기는 하지만 자네도 알 것이다. 내가 칼뤼베이우스 가문을 대표해 엘더 에퀘스가 되었다고 해서 칼뤼베이우스 가문과 완전히 척을 진 것이 아니라는 걸 말이네."

"물론 알고 있소. 아니, 오히려 그 영향력이 더욱 강화되었다고 해도 과언이 아님을 말이오."

"그래. 그렇지. 그래서 일찍이 가주의 자리를 넘기고 엘더 에퀘스가 된 것이네."

"당대일 뿐이오."

"당대가 안 되도록 정치력과 세력을 키우게."

그의 말에 뚫어지게 그를 바라보는 데빌 디아즈.

"용인하겠다는 말이오? 하지만 어떤 확언이나 증거조차 없지 않소."

"확인을 원하는가?"

"믿을 수 있는 서류가 필요하오. 두 번 배신은 당하고 싶지 않으니."

"그런데 그 서류를 믿을 수 있을까? 아무리 서류가 있다 하나 조건을 만들면 그만인 것을."

"없는 것보다 낫지 않소? 최악의 경우 그것으로 시간을 벌수 있으니 말이오."

"그렇다면 서류를 주지."

"또한……."

"또 있나?"

"이 마법서에 대한 것이오."

"흑마법이다."

"……."

단도직입적으로 입을 여는 메탈리움 칼뤼베이우스의 말에 침묵하는 데빌 디아즈.

"이것은……."

그리고 한참 만에 입을 여는 데빌 디아즈.

"찬밥 더운밥 가릴 처지가 아닐 터인데?"

"그것은……."

가문 내에서 버려진 마법사의 가문을 일으켜 세우는 임무는 실로 막중했다. 그런 막중한 임무를 떠안고 있는 데빌 디아즈. 그 임무는 평생의 업이자 다음 대로 이어질 업이라 할 수 있었다.

하지만 현실의 벽은 높았다.

아니, 마탑의 벽이 높다고 할 수 있었다.

오랜 세월 동안 축적되어 온 가문의 서고에서조차 마법서를 찾아보기 힘들었다. 그것은 마법을 독점한 마탑과 막강한 힘을 과시하는 마법사를 두려워하는 귀족들의 이익이 맞물려 에퀘스의 성역에 있는 모든 서고를 뒤져 마법서를 회수해 버렸기 때문이었다.

세월이 흐르자 세상에는 마법사가 귀해졌고, 귀족 위의 귀족으로 군림했으며, 마법사가 배워야 할 마법서는 그 존재 자체를 찾아보기 힘들어졌다. 그러하기에 가문으로부터 버려진 마법 가문은 결코 살아남을 수 없었다.

살아남는다 하더라도 자신이 마법사라는 말을 하지 못하고 그저 먹고살기 위해 용병 일을 하거나 상인을 하는 경우가 다

반사였다. 마법사라는 말은 입에 담지도 않았다. 그러한 판국에 메탈리움 칼뤼베이우스 전대 가주가 내어놓은 흑마법서는 그야말로 강렬한 유혹을 발했다.

데빌 디아즈의 고민은 길어졌다. 이성은 잡지 말라 하였고, 감정은 잡으라 하였다. 원래 흑마법이란 백마법과 다르지 않은 원류를 가지고 있었다.

마법사란 준비하는 자였다.

준비하기 위해서 언제나 탐구를 해야 했다.

탐구에는 반드시 실험이 필요했고, 실험에 필요한 재료를 구하기 위해서는 반드시 큰 자금이 필요했다. 그러하기에 과거 마법사는 음습하기 그지없는 존재라 할 수 있었다. 실험실 속에서 살아가는 그들.

그들이 밖으로 나오면 깡마른 몸매에 창백한 피부, 그리고 턱까지 내려오는 다크서클과 칙칙하고 검은 로브까지. 그들은 어릴 적 동화책에서나 들었을 법한 악마나 마왕에 다름없었다.

특히나 마법사들은 실험에 매진하며 평생 독신으로 사는 경우가 많았는데 그 탓에 그들은 꾹꾹 누르고 감춰진 오랜 욕망을 풀기 위해 반드시 뒷골목을 찾게 마련이었다. 그러한 그들이 공개되게 행동할 일은 만무하니 은밀해질 수밖에 없었다.

그런데 중요한 것은 이런 생활도 어느 정도 수준에 이른 마법사들만 그럴 수 있었다. 마법사에 입문하거나 혹은 제대로 된 마법을 사사받지 못한 마법사의 경우는 그조차도 제대로 하지 못한다.

그래서 그들은 빠르게 강해지고 빠르게 마나를 모으는 방법을 찾을 수밖에 없었다. 전통적으로 마법이 그렇다. 고대로부터 전해져 오는 방법이든 최신식 방법이든 간에 모든 것을 실험해 본다.

그들은 조금 더 빨리 강해지기 위해, 조금 더 빨리 존경받기 위해 손대지 말아야 할 방법에 손을 대고, 성공하고, 자신만의 방법으로 만들어갔다. 그 방법이 전승되어 마침내 하나의 학파를 이루게 되었다.

그중 피나 인간, 혹은 제물에 관해 전승되어 온 것인데 그것이 바로 흑마법이었다. 흑마법 역시 마법의 한 종류. 처음에 죽은 자의 시체나 막 죽은 자의 피 혹은 죽은 자를 재물로 보냈다.

귀족들에게 평민과 노예란 그저 가축보다 못한 존재이니까 이 또한 그리 문제될 것은 없었다. 하지만 사람의 욕망이란 끝이 없어 힘과 욕망에 잡아먹히고 마침내 세상에 드러내었을 때가 문제였다.

오랫동안 마법의 한 학파로 전전했던 흑마법사들. 마법의 한 학파임에도 불구하고 시체와 재물, 혹은 피를 사용한다는 점에서 그들은 자연스럽게 배척받기 시작했다. 흑마법사들 입장에서는 그들도 자신들과 똑같았다.

그들도 죽은 시체를 사용하고 피를 재물로 바친다. 단지 학파가 달라 자신들은 조금 더 적극적으로 숨기지 않을 뿐. 그런 앙금이 계속되어 마침내 한 번에 터지니 그것이 바로 제1차 흑마법사의 발호였다. 그때 죽은 사람들이 이루 헤아릴 수 없으니 그제야 마법사들은 흑마법의 무서움을 알게 되었다.

그렇게 흑마법이 인식되기 시작했다.

흑마법은 두려움이었고, 공포였다.

그리고 제2차 흑마법사의 발호로 전 대륙은 피가 강을 이루고, 시체가 산이 되어 쌓이자 마침내 모든 이가 흑마법사를 대륙의 제1공적으로 삼게 되었고, 흑마법의 흑이라는 말을 듣기만 해도 삼족에 구족을 죽여 버렸다.

그 이후 흑마법사는 마법계에서 사라지는 줄 알았다. 하지만 양지가 아닌 음지로 숨어든 흑마법사들의 명맥은 결코 끊이지 않았다. 그래서 이 자리에서 흑마법서가 올라오게 된 것이다.

두근두근…….

심장이 뛰기 시작했다.

마치 자신을 어서 집으라는 듯이 유혹하는 것 같았다.

손가락 끝이 꿈틀거리고, 이성을 누르고 그동안 억눌렸던 불만과 욕망이 한꺼번에 치솟아 오르는 것 같았다.

부들부들.

흑마법서를 바라보는 데빌 디아즈의 눈동자가 떨렸다. 그 떨림은 그의 목울대와 전신마저 떨게 만들었다.

덜덜덜.

떨림이 강해지니 마치 학질이 걸린 사람처럼 손을 벌벌거리며 탁자 위에 놓인 흑마법서를 향해 뻗었다. 그것을 막 집으려는 순간, 데빌 디아즈는 크게 심호흡을 하며 눈을 감았다. 눈에서 알 수 없는 열기가 흘러나와 눈꺼풀을 까칠하게 만들었다.

그 모습을 바라보고 있는 메탈리움 칼뤼베이우스 전대 가주의 입가에는 만족한 듯한 웃음이 떠올라 있었다.

그는 확신했다.

데빌 디아즈는 반드시 흑마법서를 집어 들 것이고 자신에게 충성을 맹세할 것이다. 자신 또한 그러하지 않았던가? 현재 데빌 디아즈에게 자신은 그레이트 소드 마스터임을 알렸지만 실상은 달랐다.

데빌 디아즈가 흑마법서를 손에 넣고, 진정으로 흑마법사가 된다면 그에게 보여줄 것이다. 자신의 진실한 모습을. 인간으로서 에퀘스의 성역에 있는 그 누구도 오르지 못한 그랜드 소드 마스터에 오른 자신의 모습을 말이다.

탁!

그 순간 데빌 디아즈는 흑마법서를 집었다.

빠직!

흑마법서를 잡은 데빌 디아즈의 손에서 방전이 일었다. 검푸른 번개가 갈가리 찢어지며 그의 손목을 타고, 팔을 타고, 어깨를 타고, 머리를 집어 삼키고, 종내에는 그의 전신을 타고 흘렀다.

데빌 디아즈의 눈동자가 희번덕거리면서 하얀 눈자위가 보였다. 하지만 그 역시 순간에 지나지 않았다. 데빌 디아즈의 눈동자는 찰나의 순간 검게 번들거리다 이내 정상으로 돌아왔다.

"후우~"

그의 입에서 길고 긴 한숨이 토해져 나왔다.

"이건……."

"만족스러운가?"

"이것이 진정 흑마법이란 말입니까?"

"아닌 것 같은가?"

"이건 마치……."

"누군가가 힘을 전승해 주는 느낌이지."

"그렇습니다."

"그 이유를 아는가?"

"짐작은 하고 있습니다."

"듣고 싶군."

"흑마법에 대한 탄압, 그에 사람으로 흑마법이 전승될 수 없었을 겁니다."

"그렇겠지."

"그래서 생각해 낸 방법이 바로 흑마법서에 자신의 모든 것을 남기는 것일 겁니다."

"그게 가능할 것이라 생각하나?"

"적어도 7서클의 대마도사라면 가능합니다."

"그렇군. 하면 축하하네. 지금 자네는 7서클의 대마도사의 힘을 전승받은 것이로군."

"……."

그에 말없이 메탈리움 칼뤼베이우스 전대 가주를 물끄러미 바라보던 데빌 디아즈는 자리에 일어서서 길게 읍을 하며 허리를 깊숙하게 숙였다.

"칼뤼베이우스 가문의 방계 일족인 디아즈 가문의 현 가주 데빌 디아즈가 철혈의 군주이신 메탈리움 칼뤼베이우스 님을 뵙습니다."

그런 데빌 디아즈를 바라보며 말없이 손짓을 하는 메탈리움 칼뤼베이우스. 순간 데빌 디아즈의 눈동자가 커졌다. 강맹하게 자신의 허리를 펴게 하는 힘. 그것은 자신과 동류의 힘이자 견디려 했으나 감당할 수 없는 그런 힘이었다.

"전대 가주께서는……."

"그레이트 소드 마스터가 아니지."

"감축드립니다."

"아부는 거기까지."

데빌 디아즈의 말을 끊는 메탈리움 칼뤼베이우스. 그에 데빌 디아즈는 고개를 끄덕이며 다시 입을 열었다.

"제가 해야 할 일은……."

"이미 알고 있지 않나?"

"알고 있습니다."

"하면 행하게."

"알겠습니다."

이것이 둘의 첫 만남이었다.

그 첫 만남을 데비 디아즈는 아직도 생생하게 기억하고 있었다. 이후 디아즈 가문은 흑마법으로 인해 강해지기 시작했다. 알게 모르게 전대 가주의 지지를 받으면서 말이다.

인간의 시체와 피, 때로는 살아 있는 인간을 재물로 사용하면서 그들은 끊임없이 강해졌다. 그리고 마침내 지금이 결실을 보게 되었다. 마법사이지만 기사 못지않은 강건한 체력과 움직임을 가진 것이다.

육체가 강건해지니 사용할 수 있는 마법이 많아졌고, 그 지속 시간 역시 길어졌다. 그리고 대규모 마법의 위력 역시 상상 이상으로 강력해졌다. 그들은 유령마인 팬텀 스티드를 이용해 움직였다.

검은색의 무언가가 연무장을 가득 채웠고, 마침내 알 수 없는 형상을 이루자 그대로 땅으로 내려 앉았다. 그러고는 역 오망성을 그리며 주변의 어둠을 빨아들이기 시작했다. 그와 동시에 지리멸렬하게 밀리고 있던 언데드들이 반격을 시작했다.

또한 연무장 바닥을 뚫고 새로운 언데드가 모습을 드러냈다. 스켈레톤과 구울도 있었는데 베고 부숴도 빠르게 다시 재생되기 시작했다.

"워매~ 이런 씨벌 것들이……."

어떤 용병들이 죽여도 죽여도 계속 되살아나는 언데들을 보며 질렸다는 듯이 입을 열었다.

"머리를 부숴."

"다시 살아나는 놈들은……."

"또 부숴."

"그런……."

"말할 시간 있으면 부숴라."

악전고투라고 할 수 있었다.

처음에는 압도적으로 밀어붙일 수 있었다. 하지만 시간이

흐를수록 줄어들지 않고 끊임없이 솟아나는 언데드들의 수에
서서히 용병들은 지쳐가기 시작했다.

"후욱! 후욱!"

"징글징글하네."

"그래서 언데드지."

"그래, 인정한다. 그래서 언데드라는 것을."

"인정은 하는데 이것들을 끝장낼 수는 없는 거냐?"

"그건 용병왕님의 몫이지."

"그래? 그건 그렇군."

그들은 백여 명의 데쓰 나이트들 한가운데에 있는 아론을
바라봤다. 불을 밝혔다고는 하지만 칠흑 같은 어둠이었다. 그
리고 그 칠흑 같은 어둠보다 더 칙칙한 어둠을 자랑하는 데쓰
나이트에 가려진 아론의 모습은 제대로 보이지도 않을 정도였
다.

파화아악!

그때 그 속에서 사방으로 빛이 폭사하기 시작했다. 그 빛은
성스럽기 그지없어서 보는 이로 하여금 빛을 보는 것만으로
도 바닥난 체력이 다시 차오를 것 같은 느낌이 들 정도였다.

"크아아악!"

전혀 비명을 지를 것 같지 않은 데쓰 나이트의 입에서 비명
이 터져 나왔다. 하나 그저 그런 비명이 아니었다. 그들의 입

에서 터져 나온 비명은 세상을 조금 더 음습하게 만들었고, 심약한 자의 심혼을 집어삼킬 듯했다.

"시끄럽다."

아론의 투박한 대검이 비명을 지르는 몇몇의 데쓰 나이트의 입속에 처박혔다.

푸스스스!

그에 데쓰 나이트는 붉은 불꽃을 남긴 채 한 줌의 재가 되어버렸다. 검술의 스승이라 일컫어지는 소드 마스터가 죽어 그 원념이 모아지고 모아져 만들어진 데쓰 나이트. 언데드란 기본적으로 불멸하는 족속이었다.

그렇기에 데쓰 나이트라 해서 살아생전의 그대로의 실력을 가지지는 않았다. 아니, 오히려 살아생전보다 더 강력한 검술을 구사했다. 끊임없이 생성되는 어둠의 힘은 그들의 검술을 궁극에 가깝도록 발전시키기고 있었기 때문이다.

그런 데쓰 나이트를 마치 장난감처럼 가지고 노는 아론이었다. 하나 그렇다 해도 그 수가 무려 1백이었다. 그것도 극에 이른 소드 마스터로 말이다. 하지만 아론은 그런 것쯤은 아무런 문제도 안 된다는 듯이 1백의 데쓰 나이트 사이를 유영하고 있었다.

유영이라는 말이 맞을 것이다.

그가 나타나는 순간 데쓰 나이트 한 기가 흔적도 없이 사라졌다. 손을 들어 움켜쥐면 공간이 일그러지면서 반경 5미터 이내의 데쓰 나이트들이 딸려와 가루가 되었다.

등 뒤에서 기습을 하는 데쓰 나이트. 하나 소드 마스터에 오른 데쓰 나이트의 검은 허공을 베고 있었다. 대신 허공을 벤 데쓰 나이트는 자신이 하고자 했던 대로 등 뒤에서 섬뜩한 파공성을 들어야만 했다.

서거억!

조금은 긴 소리.

치지지직!

아론의 검에 베인 면이 불타오르며 사라지기 시작했다. 재생되기도 했다. 하지만 데쓰 나이트의 몸체를 갉아먹는 화염이 전파되는 속도가 더 빨랐다. 바닥에 거대한 역 오망성의 힘에 의해 끊임없이 어둠의 힘을 받아들이고 있음에도 불구하고 데쓰 나이트는 끝내 다시 몸을 재구성하지 못한 채 재가 되어 사라졌다.

"크아아악!"

데쓰 나이트들이 분노했다.

아론은 언데드들과 상극인 불꽃을 사용하고 있었다. 물론 최상의 방법은 신성의 힘이겠으나 신성이 사라진 지 오래된 지금의 상황에서 언데드들을 위협하는 가장 강력한 힘은 바로 불과 뇌전의 힘이라 할 수 있었다.

그중 아론은 지금 불의 힘을 사용하고 있었다. 아니, 불 같기도 하고 뇌전 같기도 한 그의 힘은 데쓰 나이트의 신경을 거슬리기에 충분했다. 데쓰 나이트는 언데드이기는 하지만 생전에 가졌던 힘이 강력한 만큼 생각과 단어를 조합해 사용할 수 있었다.

물론 원활한 대화는 이루어지지 않는다. 아무래 생전의 힘이 강력했다고는 하나 그들의 근본은 조종을 당하는 언데드였으니 말이다. 이쨌든 그런 데쓰 나이트가 분노를 토해내고 있었다. 동료라는 의식을 가져서가 아니라 자신들과 상극인 불꽃에 대한 혹은 인간에 대한 끊임없는 악의와 분노 때문이었다.

어둠이 충천했다.

하지만 그에 반해 아론의 불 같기도 하고 뇌전 같기도 한 힘 역시 강력해졌다.

"죽었으면 영면에 들 것이지 무엇이 아쉬워 언데드가 되었는가?"

아론은 담담하게 입을 열었다. 누구에게 들으라고 한 말은 아니었다. 그저 지금 자신의 생각을 토해낼 뿐이었다. 그 속에는 인간의 끊임없는 욕망에 대한 답답함 역시 담겨져 있었다. 인간을 위협하는 것은 언데드도 몬스터도 아니었다.

바로 인간이 가지는 끊임없는 욕망 때문이었다. 그 욕망으로 인해 인간은 끊임없이 싸웠고, 멸절의 시대를 맞이하고 있었다. 그래서 안타까웠다. 그 안타까움이 독백이 되어 그의 입에서 흘러나온 것뿐이었다.

하지만 그렇다고 해서 그의 손속에 사정이 있는 것은 아니었다. 그의 투박한 양손대검이 스치고 지나간 곳엔 여지없이 잔인한 화염과 수북한 재가 남았다. 일 검에 한 개체의 데쓰 나이트, 아니, 일 검에 서너 개체의 데쓰 나이트가 우수수 죽음을 맞이했다.

그럼에도 불구하고 아론의 움직임에는 전혀 거리낌이 없었다. 마치 무풍지대를 홀로 걷는 자와 같은 느낌이었다.

"어… 렵군."

마침내 메탈리움 칼뤼베이우스의 입이 열렸다. 충분할 줄 알았다. 그 누구도 자신이 만들어놓은 덫 안에서 살아나올 수 없을 것이라 장담했다. 하지만 그 첫 상대부터 보기 좋게 그 모든 예상이 빗나가고야 말았다.

용병들은 여전히 그 수가 줄어들지 않았고 아론이라는 자는 최강의 언데드 중 하나라는 데쓰 나이트를 상대로 거짓말처럼 움직이고 있었다. 더군다나 다크 매지션들의 역 오망성이라는 극약 처방에도 불구하고 말이다.

메탈리움 칼뤼베이우스의 시선이 다크 나이츠의 단장인 토마스 트레숀에게로 향했고, 트레숀 단장은 그의 시선을 받은 즉시 5백의 기사들을 이끌고 데쓰 나이트들에게 둘러싸여 있는 아론에게 향했다.

그는 전장을 살펴보며 바로 핵심을 짚어내고 있었다. 용병들의 중심에는 바로 용병왕이 있었다. 물론 그 외에 눈에 띌 정도로 뛰어난 솜씨를 자랑하는 몇몇 용병도 있기는 했지만 그들로서 이 전장을 이끌고 있다고 하기에는 어불성설이었다.

그들이 아론에게 향하자 다크 매지션의 단장인 데빌 디아즈는 언네느를 마치 싫난처럼 혹은 썩은 나무를 박살 내듯 부수고 있는 네 명의 용병에게 투입시켰다. 저들은 매지션이긴 했지만 기사와 다르지 않았다.

그들은 마법을 사용하지만 태생이 기사였다. 그렇다고 해서 마법 기사도 아니었다. 단지 기사에 버금갈 정도의 몸놀림과 체력을 가지고 있었다. 웬만한 기사들은 그들의 움직임을 따라잡기도 힘들 정도였다.

'헤이스트.'

그들은 스스로의 몸에 헤이스트를 시전했다. 그리고 미리 메모라이즈해 놨던 마법을 미친 듯이 쏟아내기 시작했다. 그러자 마법을 접해보지 않았던 용병들은 눈이 휘둥그레졌다. 하지만 오래전부터 임페리움 용병단에 들어와 훈련을 해왔던 용병들은 달랐다.

"정신 차려!"

마법에 당황한 이들에게 외쳤다. 그에 용병들은 정신을 차리고 다시 지금까지 해왔던 대로 움직이기 시작했다.

"으하하하, 시원하구나."

그 와중에 레이 프리스트의 음성이 들려왔다. 다크 볼에 적중당했음에도 불구하고 전혀 문제없다는 듯, 아니, 오히려 들고 있는 배틀해머로 다크 볼과 언데드들을 박살 내고 마법을 쏘아낸 마법사에게 달려들었다.

"이노옴!"

마법사가 노호성을 터뜨렸다. 그 마법사 역시 기사 이상의 모습을 보여줬다. 하지만 레이 프리스트는 코웃음 쳤다.

"흥! 네깟 놈들의 마법이란!"

그러면서 몸을 뒤집더니 마법을 피하고 달아나는 마법사의 길을 가로막으며 배틀해머를 휘둘렀다.

퍼억!

"커흡!"

상상조차 할 수 없는 그 굉렬한 고통에 마법사의 입에서는 신음이 흘러나왔다. 하지만 레이 프리스트는 마법사에게 틈을 주지 않고 몰아붙였다.

퍼버벅!

"꺼억!"

아무리 개조되고 강화된 마법사라고는 하나 마스터의 일격을 결코 상쇄시킬 수 없었다. 머리와 심장이 부서지고 척추가 박살 난 마법사는 짧은 비명과 함께 죽음을 맞이했다.

용병들은 그 모든 광경을 지켜봤고 언데드들을 상대로 승리할 수 있다는 생각에 용기백배하여 달려들었다. 그렇게 난전이 시작되었다.

"죽어라!"

다크 나이츠의 기사가 아론을 공격하기 시작했다.

"싫은네!"

간단하게 거부한 후 가볍게 손을 흔들었다.

콰자자작!

공간이 작은 블랙홀을 형성했고, 그 안으로 데쓰 나이츠와 다크 나이츠들이 빨려 들어갔다.

"네 이놈!"

"오냐!"

아론은 꼬박꼬박 답을 했다. 그리고 그가 답을 할 때마다 데쓰 나이트와 다크 나이츠는 떼로 죽음을 맞이하고 있었다. 이전과 같이 한 사람 혹은 한 기만 죽어가지 않았다. 떼로 죽어갔다. 마치 물 만난 물고기처럼 말이다.

"좋구나."

아론은 모든 힘을 개방하지 않았다.

하지만 어느 정도의 힘은 개방했다. 그동안 쌓였던 스트레스를 푸는 것처럼 미친 듯이 날뛰기 시작했다.

퍼억!

머리가 으깨졌다.

빠바바박!

서너 명의 다크 다이츠가 떡이 되어 튕겨져 나갔고, 종내에는 벽에 부딪혀 형체조차 없이 사라져 갔다. 그의 손에는 용서란 존재하지 않았다. 언데드보다 더 공포스러웠고 다크 나이트보다 더 잔인했다.

파사삭!

그의 검격이 전장을 지배하기 시작했다.

전장에는 그를 제외한 어떤 존재도 찾아보기 힘들 정도였다.

"어둠이 드리우니 어둠 속에서 그 어떤 것도 죽음을 면치 못하리라. 어둠의 이빨!"

데빌 디아즈가 6서클의 흑마법을 발현시켰다.

어둠 속에서 그림자가 일어나 아론을 덮쳐갔다. 그림자는 이내 날카로운 이빨이 되었고, 그 안에 있는 모든 것을 박살 내기 시작했다. 데쓰 나이트에게는 더 강력한 힘을 주었고, 다크 나이트들의 몸을 강화시켰다.

"별 거지 같은……."

하지만 아론은 간단하게 무시하고 빠르게 양손대검을 휘둘렀다.

콰아아악!

"커허억!"

어둠의 이빨이 산산조각 나 사방으로 흩어졌고, 데빌 디아즈는 충격을 받은 듯 한 움큼의 피를 토해내며 휘청거렸다. 그에 기사들과 마법사들이 데빌 디아즈를 호위하며 뒤로 물러났고, 또 다른 기사들의 검과 마법사들의 마법이 아론을 덮쳤다.

"후하하하! 가소로운 것들."

평소 보이지 않던 아론의 다른 모습이 보였다.

그는 오만하게 자신을 향해 마법과 검을 사용하는 기사들과 마법사들을 바라보았고, 커다란 진각을 밟아 앞으로 나갔다.

쿠우우웅!

쩌저저적!

단단한 암석으로 만들어진 연무장의 바닥에 균열이 발생했다. 동시에 아론의 몸이 쏜살같이 튕겨져 나갔다. 그의 움직임은 그야말로 빛을 능가할 정도였으니 기사들과 마법사들은 그저 눈 한번 깜빡이는 것 정도밖에 할 수 없었다.

우뚝!

그리고 아론이 멈춰 섰을 때 그를 향해 달려들려던 기사들과 그를 향해 마법을 퍼부으려던 마법사들의 신형이 그대로 굳어져 버렸다.

주륵!

그들의 심장과 목 그리고 이마의 한가운데에서 검녹색의 핏물이 흘러내렸으며, 그와 동시에 허물어져 내리기 시작했다. 그의 단 한 수에 2~3백의 기사와 마법사가 한꺼번에 죽음을 맞이한 것이다.

그를 중심으로 둥글게 반경 10미터 이내에는 살아 있는 생명체는 물론 데쓰 나이트까지 움직이는 것 하나 존재하지 않았다.

"……!"

그에 메탈리움 칼뤼베이우스와 다크 나이츠의 단장 토마스 트레숀, 다크 매지션의 단장인 데빌 디아즈는 그저 눈을 부릅뜨고 입을 쩍 벌릴 뿐이었다. 그들이 할 수 있는 일이라곤 그것뿐이기에.

부들부들.

메탈리움 칼뤼베이우스의 손이 떨리기 시작했다. 그리고 그 떨림이 잦아들 즈음, 그가 자리에서 일어났다.

"마스터……."

"내가 죽으면 후사를 부탁하네."

"그런……."

"아무래도 나는 그를 너무 과소평가한 것 같군."

"그건……."

"아니면 자네가 나를 속였든지."

메탈리움 칼뤼베이우스의 말에 안드레이 치카틸로는 말문을 닫았다. 허리를 접은 그의 눈이 검게 물들어가며 가늘어졌다.

"진정 그리 생각하십니까?"

"아닌가?"

"전 항상 진심을 다 했습니다."

"그래. 천 개의 뇌를 가지고 있다는 자네지. 그런데 그런 자네가 저자의 진정한 실력을 몰랐다는 것은 이해가 되지 않네만."

"천려일실입니다."

"그래. 그렇겠지. 그런데 지금 이 순간 나는 또 하나 깨달은 것이 있네."

"무엇을 말입니까?"

칼뤼베이우스 전대 가주의 말에 순간적으로 움찔 떤 안드레이 치카틸로.

"그대가 정말 내가 오랫동안 알아 온 안드레이 치카틸로인가에 대해서 말이다."

"그 무슨 말씀을……."

"자네는 어떻게 흑마법서를 얻을 수 있었나?"

"이미 말씀드렸습니다."

"그래. 우연히 서고를 정리하다 비밀 공간을 발견했다 했지."

"그렇습니다."

"비밀 공간을 발견했고, 그 안에 마법서를 발견했다고 했지."

"그렇습니다."

"그 비밀 공간은 자네의 부주의로 사라지고 없어졌다 했고 말이지."

"그렇습니다."

"그렇다면 그 비밀 공간은 누가 만들었을까?"

"그 또한……."

"초대 가주께서 만들었다고?"

"그렇습니다."

"어떻게?"

"초대 가주께서는 이미 그랜드 소드 마스터셨습니다."

"그래. 그런데 내가 알기로 초대 가주께서는 오로지 검만을 목적으로 하셨지."

"그야… 아시지 않습니까? 전대 가주께서도 마법을 익히지 않으셨습니까?"

"그것은 아주 기초적인 것이지. 초대 가주처럼 비밀 공간을 만들 정도면 내 짧은 지식으로 적어도 7서클의 마도사여야만 가능하네. 그때 당시에는 힘에 도취되어 앞뒤를 생각하지 못했지만 이제 생각해 보면 조금 이상한 구석이 있어."

"한데 어찌 지금에 와서 그런 하문을 하십니까?"

"일단 저 용병왕이란 자의 무력 때문이네."

"그건……."

"자네는 분명 저자의 무력을 그레이트 소드 마스터라고 단정했지."

"여러 가지 정황상."

"물론 그럴 수 있겠지. 그것은 아주 소소한 것이니까. 그런데 중요한 건 이상하게 본 가문의 전력이 점점 사라지는 것을 느꼈네. 그리고 지금에 와서 나는 느낄 수 있었네. 본 가문의 기사들과 마법사들이 나의 명령을 따르지 않는다는 것을 말이네."

"그건 있을 수 없는 일입니다."

"물론 자네는 저들이 나의 심상과 연결되어 있으니 있을 수 없다고 말하고 있는 것이겠지?"

"그렇습니다."

"지금 나는 저들에게 물러나라 명령했다. 그런데 어떤 이유에서인지 그들은 내 명을 듣지 않는군."

그러면서 안드레이 치카틸로의 눈을 깊숙하게 응시하는 메탈리움 칼뤼베이우스. 그런 그의 시선을 정면으로 받아들이는 안드레이 치카틸로. 그는 그 순간 미묘한 미소를 떠올리며 허리를 폈다.

그리고 나직하게 입을 열었다.

"역시 그랜드 소드 마스터를 다루기는 쉽지 않군."

"예상에 없었던 모양이지?"

"그런 것도 있고. 아무리 그랜드 소드 마스터라 할지라도 충분히 제어할 수 있을 줄 알았거든. 흑염화는 상당히 강력한 독이라서 말이지."

"역시 내 예상이 맞았군."

"대체 무슨……."

두 사람의 대화에 토마스 트레숀과 데빌 디아즈는 의구심 가득한 얼굴로 둘을 바라봤다. 그에 메탈리움 칼뤼베이우스는 손을 저어 그들을 자신에게로부터 멀리 떨어지라 명을 했다.

"왜?"

"나도 그렇지만 자네들 역시 흑염화에 중독되었기 때문이네."

"하지만……."

"느낄 수 없겠지. 모체는 바로 우리가 그렇게 믿었던 안드레이 치카틸로에게 있을 터이니 말이야."

"그게……."

정말이냐고 안드레이 치카틸로에게 묻는 두 사람. 그에 안드레이 치카틸로는 어깨를 으쓱해 보였다. 사실이라고 인정하는 것이었다.

"이이……."

금방이라도 검을 뽑을 듯 검병을 잡아가는 토마스 트레숀.

"뽑지 않는 게 좋을 거야."

"뭐라? 커허억!"

그 말과 함께 허리를 접으며 피를 토해내는 토마스 트레숀. 그런 그를 안쓰럽다는 듯이 바라보는 안드레이 치카틸로. 그러다 이내 싸늘한 시선으로 메탈리움 칼뤼베이우스를 바라봤다.

"어떻게 하시겠소. 칼뤼베이우스 가문의 전대 가주인 철혈의 군주 메탈리움 칼뤼베이우스여."

"……."

안드레이 치카틸로의 물음에 침묵하며 메탈리움 칼뤼베이우스는 그를 노려보았다..

CHAPTER 6
칼뤼베이우스 가문의 봉문

"나에게… 그런 협박이 통할 것이라고 생각하나?"

짧지 않은 침묵을 깨고 메탈리움 칼뤼베이우스 전대 가주의 불편한 목소리가 흘러나왔다. 그에 안드레이 치카틸로는 어깨를 으쓱해 보이며 별것 아니라는 듯 입을 열었다.

"물론 흑염화가 통하는 것은 그레이트 소드 마스터까지지."

"하면 나에게는 통하지 않는다는 것을 알겠군."

"하지만 당신에게는 다른 약점이 있지."

주군이니 마스터니 하는 단어가 사라진 지 오래였다. 둘은 서로를 쏘아보며 담담하게 대화를 주고받았다. 그리고 치카틸로의 말에 칼뤼베이우스 전대 가주의 송충이 같은 굵은 눈썹이 꿈틀거렸다.

"설마……."

"역시, 훌륭해."

"네놈……."

"어제의 친구가 오늘의 적이 되는 순간이로군."

마치 이 상황을 즐기기라도 하듯이 말을 하는 치카틸로. 실제 그는 주변에 그를 수행하거나 호위하는 사람이 단 한 명도 없었으나 그의 모습은 여유롭기 그지없었다.

따악!

그러면서 그는 자신의 손가락을 튕겼다. 그러자 어둠을 뚫고 전신에 칠흑의 풀 플레이트를 걸친 채 헬름까지 깊숙하게 눌러써 얼굴조차 제대로 보이지 않는 기사들이 일단의 무리들을 죄인 끌고 오듯 호위하며 끌고 나왔다.

그들의 얼굴은 볼 수 없었고, 단지 시퍼런 광망만이 외부로 노출되어 있었다. 그리고 그들이 끌고 나온 이는 다름 아닌 칼뤼베이우스 가문의 현 가주인 아이언 칼뤼베이우스와 그의 처자식들이었다.

그 순간 메탈리움 칼뤼베이우스 전대 가주의 얼굴이 딱딱하게 굳어지며 그들을 대동한 칠흑의 기사들보다 더 시퍼런 광망을 터뜨렸다.

"내가… 오거를 키운 게로군."

"이제 알았는가?"

"난 널 거두고 가문의 중책을 맡겼다."

"이용하기 위해서지 않나?"

"넌 어떤가?"

"나 또한 당신을 이용하기 위해서, 그리고 그전에 복수를 하기 위해서이지."

말을 하는 치카틸로의 눈동자가 서늘하게 물들어갔다.

"단지 당신이 지목한 짝에 연심을 품었다는 이유로 당신은 우리 가문을 멸문시켰다. 멀리서 지켜보고 연심을 품은 것이 그리도 큰 죄였던가?"

"죄다. 오르지 못할 나무를 쳐다보지 말아야 하는 것은 맞다. 너의 가문은 방계 중의 방계. 그런 자가 감히 칼뤼베이우스 가문의 안주인이 될 여인에게 연심을 품을 수 있겠는가?"

"내 마음조차 내 마음대로 못 한다는 말인가?"

"그 마음이 진정 순수했다고 자신하는가?"

"이런 말이 있지. 안 보는 데서는 황제의 욕조차 허용된다."

"너의 가문은 보이지 않는 곳에서 연심을 드러낸 것이 아니라 노골적으로 드러냈지. 그 중죄가 있을 터인데?"

"그래서 가문을 멸족시키고 어린아이들을 노예로 부린 것인가?"

"그렇다. 신분의 벽은 두껍고 두꺼우니 감히 넘볼 수 없다. 또한 넘볼 수 없는 신분의 벽을 허물려는 너희들을 보며 가문의 기강을 세울 필요가 있었다."

"훗! 웃기는 소리. 당신들은 그저 우리 가문이 뛰어난 게 두려웠다. 힘은 힘으로 억누를 수 있겠으나 뛰어난 머리는 결코 힘으로 어찌할 수 없으니 더 크기 전에 역심을 품기 전에 싹을 자르려 한 것뿐이다."

"부정하지는 않겠다."

너무나도 쉽게 인정해 버리자 오히려 그것이 더 분한지 얼굴이 치카틸로의 일그러졌다.

"나도 그렇다."

"뭐라?"

"나는 언제나 상상했다. 궁지에 몰린 너희들의 모습과 내 발치 아래 무릎을 꿇고 살려달라고 애원하는 너희들을 상상했다."

"네놈······."

칼뤼베이우스 전대 가주가 한 걸음 내디뎠다. 그에 치카틸로는 손을 들어 올려 손가락을 까딱했다.

촤아악!

칠흑의 기사들이 누군가를 베었다.

"아아아악!"

비명이 들려왔다.

칼뤼베이우스 전대 가주의 눈은 분노에 휩싸였고, 그를 지켜보는 치카틸로는 잔인한 미소를 떠올렸다.

"나의 명에 따라야 할 것이다."

"……."

여전히 말이 없는 칼뤼베이우스 전대 가주.

그에 치카틸로의 손가락이 다시 까딱거렸다.

촤아아악!

"아아아악!"

베어지는 소리가 들리고 동시에 비명 소리가 들려왔다.

"알… 겠다."

갈라진 목소리가 흘러나왔다.

"뭐?"

치카틸로는 그런 칼뤼베이우스 전대 가주의 목소리를 듣지 못했다는 듯한 행동을 해보였다.

"알겠다!"

이전보다 더 크고 명확한 목소리로 입을 여는 칼뤼베이우스 전대 가주. 그제야 만족한 얼굴을 해보이는 치카틸로.

"명한다."

"……."

말이 없었다.

그러나 치카틸로는 상대가 명을 받겠다는 말을 하든지 말든지 상관없다는 듯 자신의 명을 내릴 뿐이었다.

"저들을 모두 죽여라. 단 한 놈도 남김없이."

"……."

그에 아무런 말없이 치카틸로를 쏘아본 칼뤼베이우스 전대 가주는 어금니를 꽉 깨물고는 신형을 홱 돌려 치열한 싸움이 벌어지고 있는 곳으로 향했다. 그의 뒤를 다크 나이츠의 단장인 투마스 트레숀과 다크 매지션의 단장인 데빈 디아즈가 따르고 있었다.

"흐흐흐흐."

그런 그들을 보며 나직하고 스산한 웃음을 지어 보이는 안드레이 치카틸로. 그러다 그의 시선이 아이언 칼뤼베이우스에게로 향했다. 아이언 칼뤼베이우스의 시선 역시 치카틸로를 향해 있었다.

그런 아이언 칼뤼베이우스의 몰골은 정말 말이 아니었다. 제멋대로 헝클어진 머리카락과 핏물이 묻어 있는 얼굴, 창백한 피부와 부르튼 입술. 그 모습은 그가 어떤 고초를 겪었는지 너무나도 잘 보여주는 일면이었다.

"이제 만족하느냐?"

아이언의 입에서 쉬어버린 듯 담담한 목소리가 흘러나왔다.

"아니."

“그 정도인가?”

“나의 목적은 칼뤼베이우스 가문의 멸문이다.”

“꼭 그래야만 하나?”

“꼭 그래야만 한다.”

“……”

안드레이의 말에 아이언은 입을 닫았다. 그의 눈동자에는 암울함이 담겨져 있었다.

“어쩌다… 어쩌다 이리되었을까?”

“칼뤼베이우스 가문의 아집과 편협함 때문이겠지.”

“그런가?”

“우리 가문은 디아즈 가문과 더불어 칼뤼베이우스 가문을 일으키고 다진 가문 중의 하나였다.”

“알고 있다.”

“하지만 그 충성의 대가는 결국 오르지 못할 나무를 쳐다보고, 그저 단순히 연심을 품었다는 죄 하나로 인해 모두 사라졌어. 결국 나 혼자 남고 모두 죽음을 맞이하게 되었지.”

“그래……”

아이언은 대답을 하지 못했다. 자신과 안드레이는 친구다. 아주 어릴 적, 지금은 기억조차 희미했을 때의 사이이지만 어쨌든 친구 사이다. 그리고 자신의 도움으로 그나마 그의 목숨만은 부지되었다.

하지만 그것이 부메랑이 되어 돌아오고 있었다. 한순간의 자비가 이 순간을 만들었다. 후회하지는 않았다. 퇴색된 오랜 기억이지만 그때 자신에게 있어 친구는 오로지 그뿐이었으니까.

"너만은 살려준다."

"아량인가?"

"아니, 나의 심정을 느껴보라는 것이다. 나의 그 처절함과 공포스러움, 가슴이 찢어지는 아픔을 느껴보란 말이다."

"변했군."

"변하지 않을 수 있나? 지금 이 순간을 위해서 나는 60여 년 동안 네 아버지의 발바닥을 핥았다."

"오래 살았군."

"그래도 상관없다. 칼뤼베이우스 가문의 멸문을 볼 수 있으니. 그리고 나는 더 오래 살 것이다."

이후 안드레이의 눈동자가 서서히 검은색으로 물들어갔고, 마침내 온통 탁하게 물들자 아이언 칼뤼베이우스는 침음성을 흘렸다.

"넌……."

"평범한 내가 너희들처럼 오래 살 수 있는 방법은 오로지 흑마법뿐이지."

"어떻게……."

"인간의 간절함이란 죽음조차 초월하는 법이지."

"……."

그의 말에 아이언은 절망할 수밖에 없었다. 되돌릴 수 없었다. 칼뤼베이우스 가문에 용병이 치고 들어온 것은 전투에 패배해서가 아니라 이 모든 상황을 예측하고 계획한 안드레이 때문일 것이다.

안드레이가 바라는 것은 양패구상.

물론 따로 받은 명령이 있었지만 그래도 상관없었다. 자신이 바라는 것은 여전히 칼뤼베이우스 가문의 멸문이니까. 당장 이 자리에서 죽는다 해도 말이다.

"그래, 그렇구나."

아이언의 입에 메마른 미소가 떠올랐다. 모든 것이 끝난 것 같은 그런 미소였다.

'어쩌면 난 이리될 것을 알았을지도 모른다. 가문을 이끌어 가기에 난 너무 나약했다.'

자신은 너무 유약했다. 한 가문을 이끌어 나가기에는. 그러하기에 그 옛날, 나중에 후환이 될지도 모르는데도 불구하고 안드레이를 살려준 것이니까. 지금 이 순간 그는 스스로 자초한 일이라 생각했다.

그래서 그는 자신의 유약함을 저주하고 있었다. 자신이 조금만 더 냉정했더라면 절대 이런 상황은 일어나지 않았을 것이다. 그런 아이언의 미소를 다른 의미로 받아들였던지 안드레이의 입술이 일그러졌다.

"재미있더냐?"

"재미라 했나?"

"그래, 재미."

"네놈은 이게… 재미있나?"

아이언의 되물음에 안드레이는 그제야 얼굴을 펴고 음산한 웃음을 떠올렸다.

"분노하고 있구나."

"그래 분노하고 저주한다. 내가 조금만 더 냉정했더라면, 그 랬더라면 지금과 같은 상황을 벌어지지 않았을 테니까."

"날 살려준 것을 후회하나."

"후회하고 또 후회한다."

"그래. 후회해라. 고통스러워해라. 그래야 개처럼 네 아비의 발바닥을 핥은 지난 세월의 대가를 받을 수 있을 터이니."

"내가 살아난다면 네놈을 갈기갈기 찢어 죽일 것이다."

"그래, 그래야지. 그래야 칼뤼베이우스의 종자답지. 넌 너무 착했어. 그래서 일말의 죄책감을 가졌지. 하지만 지금 보니 넌 역시 칼뤼베이우스 가문의 아들이고, 당대의 가주답다. 처절하고 고통스러워해라."

주륵!

안드레이의 말에 어찌나 입술을 꽉 깨물었던지 터진 입술 사이로 검붉은 핏물이 흘러내렸고, 그의 부릅뜬 눈에서는 피눈물이 흘러내렸다. 그런 당대의 가주 아이언 칼뤼베이우스를 보며 기꺼운 듯 악마의 웃음을 보여주는 안드레이.

그는 진정으로 즐거웠다.

타인의 고통이 이리도 즐거울 줄 몰랐다.

"이래서 사람은 타인의 괴로움을 즐기는 모양이군."

어느새 입가에서 웃음기를 지운 안드레이는 괴로워하는 아이언 칼뤼베이우스를 외면한 채 정면을 바라봤다.

꿈틀!

그의 눈썹이 움직였다.

심기에 매우 거슬린다는 듯이 말이다.

그 이유는 상황이 매우 안 좋게 흘러가고 있었기 때문이었다.

남은 칼뤼베이우스 가문의 전력이 투입되었다. 그렇다면 압도적으로 몰아붙이지는 못할망정 밀리지는 말아야 했다. 모든 경우의 수를 계산해도 그러했다. 그런데도 불구하고 전장은 용병들에게 기울어지고 있었다.

그리고 그 중심에는 용병왕이라는 자가 있었다. 가장 선두에 서서 가장 많고 강력한 적을 상대로 싸우고 있지만 그는 그 모든 것을 압도하고 있었다. 심혈을 기울여서 만든 데쓰 나이트는 지리멸렬했다.

칼뤼베이우스 가문의 정예 중 정예라 일컬어지는 흑마법에 의해 강화되고 개조된 다크 나이트는 제대로 힘조차 쓰지 못했다. 더군다나 흑마법을 연성한 다크 매지션의 경우 그들이 쓰는 모든 마법을 무효화시키고 있었다.

"……."

안드레이는 말없이 그 월등한 활약을 벌이고 있는 용병왕을 지켜보았다. 그리고 전장으로 향하기는 했지만 아직 전장에 합류하지 않은 메탈리움 칼뤼베이우스 전대 가주와 그를 따르는 다크 나이츠의 단장, 다크 매지션의 단장을 바라봤다.

그의 입술은 새빨간 선을 그으며 사선으로 올라갔다.

"달라지겠지."

나직한 한 마디와 함께 그의 검은 눈동자가 전장을 응시했다.

"끄아아악!"

고통을 모르는 데쓰 나이트.

그런 데쓰 나이트가 비명을 지르고 있었다.

죽지 않고 삶을 이어가 불멸의 존재라고 일컬어지는 데쓰 나이트들이 화려한 화염과 함께 검은 재가 되어 허공에서 바스러지고 있었다. 하지만 아론은 땀 한 방울 흘리지 않았고, 숨소리조차 거칠어지지 않았다.

"대… 단하군."

그 모습에 메탈리움 칼뤼베이우스는 경탄할 수밖에 없었다. 자신조차 저 많은 데쓰 나이트를 상대로 저토록 담담하게 싸울 수는 없다. 그의 검술에는 단 하나의 군더더기도 없었다. 모든 행동이 허점이었으나 또한 모든 것이 철벽과 같았다.

그의 검이 가는 곳에 반드시 한두 기의 데쓰 나이트가 소멸했다. 하지만 메탈리움 칼뤼베이우스는 그런 아론의 전투에 끼어들지 않았다. 이미 안드레이 치카틸로의 목적을 안 이상 데쓰 나이트를 이대로 둘 필요가 없었기 때문이었다.

'기회를 봐서 그를 제거해야 하겠군.'

그럼에도 불구하고 그는 자신이 용병왕에게 패배할 것이라고 생각하지 않았다. 보기에 그는 자신과 비슷하거나 약간 나은 수준의 실력을 가지고 있었다. 물론 검술에 대한 이해도는 자신보다 훨씬 더 앞선 것은 사실이었다.

하지만 자신 역시 평생 동안 검과 함께했다. 검이나 검술에 대한 이해나 실력 면에서도 절대 그보다 못하다고 할 수는 없었다.

소드 마스터에 이르러 육체가 재구성되면 수명이 늘어난다. 젊어진다는 뜻이다.

또한 그레이트 소드 마스터가 됨에 따라 인간의 한계인 치매에 면역이 된다. 그리고 그랜드 소드 마스터가 되면 또 한 번의 바디 체인지가 이루어진고 완벽해진다. 물론 소드 마스터 때와는 비교조차 할 수 없었다.

그리해서 지금 메탈리움 칼뤼베이우스의 실제 나이는 2백세가 넘었으나 그의 모습은 겨우 40대로 보이고, 그의 육체는 20대와 다르지 않았다. 그래서 소드 마스터가 되면 나이를 불문하고 서로가 친구가 된다.

그런데 그랜드 소드 마스터는 어떨까? 즉, 그 말은 지금 용병왕이라는 자도 보이는 그대로의 나이로 볼 수 없다. 그것이 가장 큰 문제였다. 얼마나 오래 살고, 얼마나 오랫동안 검과 함께했을지를 모르기 때문이었다.

하지만 분명한 것은 절대 질 것 같지 않았다. 일종의 감이기는 했지만 그랜드 소드 마스터의 감이 일반인의 감과 궤를 같이할 리는 만무하지 않은가? 그리고 자신을 따르는 다크 나이츠의 기사단장인 토마스 트레숀 역시 그레이트 소드 마스터이고, 다크 매지션의 단장인 데빌 디아즈 역시 7서클의 대마도사였다.

'절대 질 리 없다. 그를 처리하고 안드레이 치카틸로를 처리한다.'

그의 시선을 받은 토마스 트레숀과 데빌 디아즈는 조용히 고개를 끄덕였다. 이심전심이라는 말이 있다. 토마스 트레숀과 데빌 디아즈 둘 다 안드레이보다 늦게 합류했지만 그 누구보다 메탈리움 칼뤼베이우스의 마음을 잘 알고 있었다.

한때 더 이상 경지의 상승이 없자 좌절하고 폐인이 되었으나 전대 가주의 부름으로 벽을 깨고 되살아났다. 그에게 있어 전대 가주는 생명의 은인과 같았고, 가문의 구세주와 같았다. 그것은 데빌 디아즈 역시 마찬가지였다.

물론 여전히 앙금은 남아 있었다. 하지만 그를 배신할 정도는 아니었다. 지난 60여 년 동안 그 앙금은 많이 사라졌고, 가문 역시 부흥해 칼뤼베이우스 가문의 중심에 섰으니 말이다.

그가 약속을 지켰으니 자신 역시 약속을 지켜야만 했다. 하지만 결정적으로 안드레이 치카틸로가 마음에 들지 않았다. 자신의 일을 해결하기 위해 외세의 힘을 빌린다는 것 말이다. 가문의 일은 가문에서 해결해야만 했다.

그들이 의견을 일치하는 동안 아론의 양손대검은 여전히 손속에 사정을 두지 않고 데쓰 나이트와 다크 나이츠들 베어 넘기고 있었다. 물론 소멸되는 것은 데쓰 나이트가 압도적으로 많았다.

아무리 생전에 소드 마스터에 올랐다고 해도, 어느 정도 지능을 가지고 있다고 해도 그들은 궁극적으로 언데드였다. 절대 인간과는 같을 수 없었다. 그러하기에 그들은 거의 맹목적으로 아론을 향해 쇄도했다.

죽음을 두려워하지 않았다. 하지만 다크 나이츠는 달랐다. 그들이 흑마법에 의해 개조되고 달라졌다고는 하지만 그들은 엄연히 인간이었다. 주변의 상황을 파악하고 적절히 이용할 줄 알았다.

상황이 어떻게 돌아가는지 모르지만 그들은 본능적으로 지금 상황이 안 좋고, 자신들의 전력을 절대적으로 아껴야 하는 상황임을 파악하고 있었다. 그래서 그들은 소극적일 수밖에 없었다.

물론 눈에 보일 정도로 소극적이지는 않았다. 자신들을 노려보는 눈이 너무 많았기 때문이었다. 그들은 어둠 속에서 자신들의 일거수일투족을 지켜보고 있는 존재가 있음을 알고 있었다.

자신들 정도는 단숨에 베어버릴 정도로 말이다. 하지만 그들의 실체를 잡을 수 없었다. 용병왕이라 지칭되는 자를 제거한다 해도 결코 자신들이 안전하지 않다는 것을 알고 있었다. 그러니 몸을 사릴 수밖에 없었다.

"그를 죽여라!"

안드레이 치카틸로가 음산한 목소리로 외쳤다.

하지만 기사들은 힐끔 그를 본 후 미동조차 하지 않았다. 이미 상황 파악이 끝난 후이니 그가 가문을 위해서 일을 하지 않고 있다는 것쯤은 알고 있었다. 자신들은 가문의 기사이지 그의 기사가 아니므로 그의 명령을 따를 필요는 없었다.

그에 안드레이 치카틸로는 스산한 미소를 떠올렸다. 그리고 나직하게 뇌까렸다.

"그렇단 말이지. 내 명을 거부한단 말이지?"

그러면서 그는 음산하게 웅얼거리기 시작했다. 그와 동시에 그의 전신에서 스멀스멀 검은색 연기가 치솟아 오르기 시작했다. 마치 살아 있는 생명체처럼 움직이는 그 모습이 자못 괴기스러웠다.

그리고 그의 웅얼거림이 끝이 났을 때.

"끄아아악!"

기사 중 몇 명이 머리를 부여잡고 몸부림치기 시작했다. 그에 기사들은 놀라 뒤로 물러나며 안드레이 치카틸로를 바라봤다.

"무슨 짓인가?"

메탈리움 칼뤼베이우스 역시 분노하여 외쳤다.

"뭐가 말인가?"

"저들은 본가의 기사이다."

"명을 수행하지 않는 기사는 살아남을 자격이 없다."

"가문의 기사이지 너의 기사가 아니다."

"그래서?"

"뭐라?"

"가문의 기사든, 나의 기사든, 그 누구의 기사든 기사는 단지 싸우는 검일 뿐이다. 검의 목적은 적을 죽이는 데 있단 말이다. 이 위기를 탈피하기 위해서 적을 죽이라는 데 따르지 않았다. 그럼 그것은 검으로서 자격이 없지 않은가?"

"누구 마음대로 검의 생사를 결정하는가?"

"누구 마음? 바로 나의 마음이지."

그러면서 그는 손을 갈고리처럼 만들어 서서히 끌어 올렸다. 그러자 머리를 부여잡고 있던 기사들이 한꺼번에 버둥거리면서 허공으로 떠오르기 시작했다.

"꺼허어억!"

기사들은 무엇엔가 단단히 목을 잡힌 듯 움켜잡은 것을 풀려 했다. 하나 그들은 여전히 허공에 떠 있을 뿐이었다.

"그만두지 못하겠는가?"

"분명히 말해두었다. 효용성이 없는 검은 필요 없다고."

그러면서 갈고리처럼 만든 손을 모로 꺾었다.

뿌드득!

기사들의 목이 꺾였다.

"이노옴!"

메탈리움 칼뤼베이우스 전대 가주가 노호성을 터뜨리며 안드레이 치카틸로를 향해 쇄도했다.

하나.

우뚝!

이내 멈출 수밖에 없었다.

안드레이 치카틸로가 어느새 남은 한 손으로 아이언 칼뤼베이우스의 목 줄기를 잡고 들어 올리고 있었기 때문이었다.

"네놈……."

"아들을 죽이고 싶다면 나를 죽여도 좋다."

"……."

그에 말없이 안드레이 치카틸로를 쏘아보는 메탈리움 칼뤼베이우스. 그러다 그는 힘들게 손을 들어 손가락을 까딱거렸다. 그의 명령을 기다리고 있던 다크 나이츠가 움직이기 시작했다. 그리고 그들이 움직이는 그 순간 이미 대부분의 데쓰 나이트는 수북한 재가 되어 있었다.

그 순간 안드레이 치카틸로는 눈살을 찌푸릴 수밖에 없었다. 말이 급조된 데스 나이트지 실상 그 전력은 막강하기 그지없었다. 그런데 그 막강한 전력이 제대로 힘조차 써보지 못하고 소멸되어 버렸다.

짜증이 확 치밀어 올랐다.

자신이 계획한 대로 일이 흘러가지 않았다. 그는 목을 움켜잡고 있던 아이언 칼뤼베이우스를 집어 던지고 전장을 바라봤다. 그리고 그 짜증의 근원을 볼 수 있었다. 그 근원은 지금 마지막 남은 급조된 데쓰 나이트를 소멸시키고 있었다.

그리고 그를 향해 명령을 하달받은 다크 나이츠가 쇄도하고 있었다. 어둠의 정점인 데스 나이트가 소멸되고 어둠의 힘이 약화되자 용병들의 움직임이 한결 원활하게 돌아가고 있었다.

대규모의 역 오망성이 그 빛을 서서히 잃어가고 있었다. 끊임없이 땅을 뚫고 솟아나던 언데드들이 점점 줄어들기 시작했다. 안드레이 치카틸로의 시선이 메탈리움 칼뤼베이우스에게로 향했다.

어서 싸움에 참전하라는 말이다. 그것은 무언의 압박이었다. 어쩌면 가문의 마지막이 될지도 모를 당대 가주의 가족들을 인질로 삼은 겁박 말이다. 그에 메탈리움 칼뤼베이우스는 내키지 않은 무겁디무거운 걸음을 아론에게로 향했다.

그를 따라 나서려는 트레숀 단장과 디아즈 단장을 그는 팔로 제지했다. 그에 두 단장은 전투에 투입된 다크 나이츠와 다크 매지션을 불러들였다. 안드레이 치카틸로는 그것까지는 뭐라 하지 않았다.

이것은 바로 전대 가주이자 기사로서 마지막 자존심과 같은 것이다. 그것을 건드린다면 자신이 볼모로 잡은 이들의 쓸모가 전혀 없어질 수 있으니 말이다. 아직까지 그의 효용성은 지대했다.

그리고 그는 손을 뻗어 다시 한 명의 목을 잡아끌어 냈다.

끌어낸 자는 다름 아닌 당대 가주의 아들이자 전대 가주의 손자였다. 한 점의 반발심이라도 있으면 바로 죽여 버릴 것이라는 시위였다.

그에 메탈리움 칼뤼베이우스는 잠시 걸음을 멈춰 그런 안드레이 치카틸로를 흘깃 바라본 후 딱딱한 얼굴로 다시 걸음을 옮겼다. 그런 메탈리움 칼뤼베이우스를 무표정하게 바라보고 있는 아론.

"칼뤼베이우스 가문의 전대 가주이자 엘더 에퀘스의 성좌에 있는 철혈의 군주인 메탈리움 칼뤼베이우스네."

"용병왕 아론."

"짧군."

"길 필요는 없지. 그런데……."

"묻고 싶은 것이 있나?"

"상황이 별로 좋지 않은 것 같아서. 뭐, 물론 남의 집안일에 관여할 바는 아니지만 그래도 혹시 도움이 될까 해서 말이지."

"……."

아론의 말에 침묵하는 칼뤼베이우스 전대 가주.

"집안일이다."

"알아. 집안일인 거."

"그래도 관여하겠다는 건가?"

"싫음 말고."

"그런데……."

뭔가 이상함을 느낀 칼뤼베이우스 전대 가주.

"묻고 싶은 것이 있으면 물어봐."

"왜 이러는 거지?"

"뭐가?"

"우린 적이지 않나?"

"누가 그래?"

"그럼 지금 이 상황은 대체 뭐지?"

"저것들 언데드지 않나?"

"맞다."

"언데드는 대륙의 공적이야."

"그런……."

말을 잇지 못하는 칼뤼베이우스 전대 가주.

"그리고 어느 정도 짐작하고는 있겠지만 이들 뒤에는 상상조차 할 수 없을 정도의 거대한 세력이 있지."

"……."

말이 없었다.

그 또한 짐작하고 있었던 일이기 때문이었다. 이런 일은 절대 혼자 할 수 있는 일이 아니었다.

"그래서?"

"그 거대한 세력을 제거하기 위해서는 많은 실력자가 필요해."

"허~"

아론의 말에 헛웃음을 지어버리는 칼뤼베이우스 전대 가주.

"그게 가능하리라 생각하나?"

"불가능하지도 않지."

"하지만 내가 쉽지 않다."

"알아. 그런데 방도가 전혀 없지는 않아."

"방도가… 있다?"

"그래."

"어떻게?"

도저히 이해할 수 없었다. 자신은 불가능했다. 자신의 아들과 그 일가족은 완벽하게 안드레이 치카틸로의 수중에 있었다. 자신이 조금이라도 적대적인 마음을 먹는다면 그는 곧바로 아들과 그 일가족의 목을 잘라 버릴 것이다.

자신이 분노해 달려든다면 그는 숨어 있는 어둠을 이용해 자신을 막을 것이고, 흑염화의 저주를 발동시킬 것이다. 어쩌면 가문의 마지막 남은 무력이 단숨에 무력화될 것이다. 그렇게 된다면 이 세상에는 칼뤼베이우스 가문이 존재하지 않게될 것이다.

지금 자신이 안드레이 치카틸로의 말을 듣는 이유는 칼뤼 베이우스 가문의 존속을 위해서였다. 그리고 그는 가슴속 깊이 이 모든 일은 오로지 자신의 잘못된 야망에서 비롯된 것임을 처절하게 통감하고 있었다.

하지만 그랜드 소드 마스터에 오른 자로서 그런 감정을 얼굴에 드러내지는 않았다. 그의 살아온 세월이 녹록치 않았고 심기 또한 깊었기 때문이었다.

"그 전에."

"그렇지. 그래. 조건 없는 거래는 없는 법이지."

"물론."

"어떤 조건이지?"

"첫째!"

"첫째?"

"그럼 한 가지로 끝날 줄 알았나?"

"으음……."

무거운 신음성이 흘러나왔다. 오거를 죽이려다 드래곤을 불러들인 꼴 같다는 생각이 들었다. 하지만 이내 결론을 내릴 수 있었다.

'어차피 지금 상황에서는 살아남는 것이 최우선일 것이다.'

그가 그렇게 생각하는 이유는 자신감이 있기 때문이었다. 자신은 그랜드 소드 마스터였기 때문에 빠르게 결론을 내릴 수 있었다. 인질로 잡혀 있는 아들 가족이 풀려난다면 언제든지 가문을 복구할 수 있다는 자신감 말이다.

시간이 걸리기는 하지만 어쨌든 가문을 복구하는 데는 문제가 되지 않았다. 인간 한 명의 힘은 나약하기 그지없지만 그 나약한 인간의 힘이 모이면 모일수록 강해지기 때문이었다. 살아남는다면 못할 일이 없다.

"듣도록 하지."

"듣는 것이 아니라 반드시 조건을 들어야 할 거야."

"못하겠다면?"

"칼뤼베이우스 가문은 이 땅에서 사라지는 거지."

"약… 속하지."

마음에 들지 않았다.

그랜드 소드 마스터가 되면 모든 것이 자신의 의지대로 행해질 줄 알았다. 하나 세상일은 절대 자신의 의도대로 흘러가지 않았다. 믿었던 자에게 배신당했고, 과거의 잘못이 부메랑이 되어 돌아오고 있었다.

그래서 마음에 들지 않았다. 그리고 깨달았다. 자신이 인간을 벗어나면 모를까, 아니, 인간을 벗어난다 해도 결코 중간계에 살아가는 한 인과의 율을 벗어날 수 없다는 것을 말이다. 그리하여 그 짧은 순간 자신은 지난 2백년 간 성장한 것보다 더 빠르게 성장한 것 같은 느낌이 들 정도였다.

"첫째, 백 년간 봉문한다."

"봉… 문이라고 했나?"

"그래."

"……"

칼뤼베이우스 전대 가주는 말없이 아론을 쏘아봤다. 봉문이라 함은 가문의 모든 대외적인 활동을 금지하고 오로지 가문 내에서만 살아야만 한다. 세상에 나설 수 없는 건 곧 가문의 약화를 의미했다

어떻게 보면 칼뤼베이우스 가문의 죽음 혹은 멸문과도 같은 타격을 입는다고 할 수 있었다. 그런데 상대는 지금 그것을 강요하고 있었다. 칼뤼베이우스 전대 가주는 크게 숨을 들이쉰 후 생각을 정리하기 위해 주변을 한번 둘러봤다.

그 순간 그의 얼굴은 경악과 놀라움으로 딱딱하게 굳어질 수밖에 없었다. 왠지 모르게 모든 것이 자신이 있는 곳과 분리되어 있는 것 같은 느낌이 들었다. 자신도 알지 못했다. 그리고 분리되어 밖에 있는 자들 역시 알지 못했다.

'어떻게?'

자신이 이렇게 태연하게 대화할 수 있는지 모를 일이었다.

'공간을… 분리하다니. 이건 대체……'

그는 다시 아론을 바라봤다. 아론은 무심하게 그의 대답을 기다리고 있었다.

"혹시……."

"무엇을 생각하든 그 이상일 것이야. 지금 이 상황도 마찬가지고."

"그럴 수가……."

자신과 비슷한 경지라고 생각했다. 하지만 아니었다. 여전히 자신과 비슷한 경지로 보였으나 명백하게 달랐다. 자신과는 전혀 다른 차원의 실력을 지닌 자라고 말이다. 그는 자신도 모르게 마른침을 삼킨 후 입을 열었다.

"따… 르겠소."

"잘 선택했어. 그리고 둘째."

"……."

칼뤼베이우스 전대 가주는 말없이 아론의 말을 기다렸다.

"배후 세력을 치는 데 칼뤼베이우스 가문도 일조할 것."

"하지만 칼뤼베이우스 가문은 아무것도 남은 것이 없소."

"있지. 잘 생각해 봐."

"…설마."

"그 설마가 맞을 거야."

"하… 겠소."

"그럼 계약은 성립한 것으로 하지."

"그것뿐이오?"

"그럼 뭐를 더할까?"

"아, 아니오."

어느새 칼뤼베이우스 전대 가주는 높임말을 사용하고 있었다.

"그럼 먼저 하는 척을 해야지."

"하는 척이라 하면?"

"날 공격해?"

"공격하면 되오?"

"전력으로."

"그래도… 되겠소?"

"상대를 속이기 위해서 말이지."

"위험… 할 수도 있소."

"그 위험, 내가 감수하지."

"……."

칼뤼베이우스 전대 가주는 말없이 아론을 바라봤다. 그러다 고개를 끄덕였다.

"알겠소."

"시간은 정상으로 흐를 거야."

그 순간 분리가 사라진 것을 느낀 칼뤼베이우스 전대 가주는 자신의 깨달음 중 가장 마지막에 깨달은, 가장 위력이 강한 검을 시전했다.

그의 주변으로 천 개의 검이 돋아나기 시작했다. 그 모습에 그의 모든 것을 알고 있는 안드레이 치카틸로는 의미심장한 미소를 떠올렸다. 그가 전력을 다하고 있다는 것을 알았기 때문이었다.

콰아아아~

천 개의 검이 물밀듯이 아론을 향해 쇄도했다. 그에 아론은 회피 동작을 취했고, 천 개의 검은 실이라도 달린 듯 그가 회피한 곳으로 딸려 갔다. 하지만 인간의 움직임이란 한계가 있는 법. 천 개의 검에 아론이 따라잡혔다.

콰아아앙!

급하게 양손대검을 휘둘러 천 개의 검을 막아냈다.

거대한 폭음이 터지고 빛이 폭사했다.

투후욱!

그 폭음과 폭발로부터 하나의 그림자가 빛의 속도로 튕겨져 나갔다. 그런데 그 방향이 공교롭게도 바로 안드레이 치카틸로가 있는 곳이었다. 득의만만하게 그들의 싸움을 지켜보고 있던 안드레이 치카틸로가 대경했다.

쉬아악!

어둠 속에서 그를 호위하던 투명한 물체들이 모습을 드러냈다.

'쉐이드!'

안드레이 치카틸로가 있는 곳으로 날아가던 도중 아론은

어둠 속에서 튀어나온 존재를 알아볼 수 있었다. 바로 물리 공격은 전혀 통하지 않는 쉐이드란 존재. 어쩌면 기사들에게 는 가장 까다로운 존재일지도 몰랐다.

'하지만 나하고는 상관없지.'

순간 아론의 손이 움직였다.

휘우웅.

바람이 불었고, 어둠 속에서 튀어나와 안드레이 치카틸로를 호위하고 있던 쉐이드가 그 바람에 휩쓸렸다.

그 순간 안드레이 치카틸로는 찢어질 듯 눈을 부릅떴다. 세 상의 그 무엇으로도 소멸시킬 수 없다던 쉐이드가 소멸하고 있었다. 그것도 한두 개체가 아닌 수십 개체가 제대로 된 움 직임도 보이지 못한 채 말이다.

이것은 진정 있을 수 없는 일이었다.

어떻게 물리 공격이 전혀 통하지 않은 쉐이드를 손짓 하나 에 모두 소멸시켜 버린단 말인가? 그것은 마법사조차 쉽지 않 은 일인데 말이다. 놀란 그는 엉겁결에 자신의 안위를 위해 아 이언 칼뤼베이우스를 끌어당겼다.

"어헉!"

창졸간에 힘없이 끌려온 아이언 칼뤼베이우스의 입에서는 헛바람이 흘러나왔다. 안드레이 치카틸로의 손이 아이언 칼뤼 베이우스의 목울대를 움켜쥐었다.

스확!

그 순간 또다시 바람이 불어왔다.

뜨끔.

안드레이 치카틸로는 자신의 손목이 뜨끔한 것을 느꼈다. 자신도 모르게 자신을 향해 날아오는 아론과 뜨끔한 손목을 번갈아 가며 봤다.

퐈아악!

그의 손에서 검은색으로 진득한 무언가 튀어 올랐다. 인간의 검붉은 피가 아닌 인간이기를 포기하면서 받은 검은색 피였다.

그의 입이 벌어졌다. 아론과 자신의 거리는 멀었다. 그리고 그 중간에 여전히 쉐이드가 존재하고 있었다.

'어떻게……' 라고 생각하는 순간 아론의 신형은 그의 코앞에 도달해 심장을 찔렀다.

콰직!

"커어억!"

안드레이 치카틸로는 가슴을 찔리는 순간 뒤로 날아갔다. 아론은 그럴 줄 알았다는 듯이 다시 검을 휘둘렀다. 초승달 모양의 빛 무리가 그를 향해 쏘아졌고, 안드레이 치카틸로는 남은 한 손으로 전면을 가리켰다.

콰아아앙!

쩌어엉!

아론이 쏘아 보낸 초승달 모양의 빛 무리가 무언가에 막혀 폭발했다.

아론이 잠시 주춤했다. 그 순간 안드레이 치카틸로는 무언가를 웅얼거렸고, 그의 주변에 아직도 남아 있던 쉐이드를 흡수하기 시작했다.

그러자 잘렸던 그의 손이 회복되기 시작했다. 아론은 그 모습을 지켜보다 눈살을 찌푸렸다.

"별 거지 같은 짓거리를……."

"크흐흐흐, 네놈을 갈기갈기 찢어 죽이고야 말겠다."

"어이구~ 그러세요? 그럼 한번 해보세요."

그리고 아론의 신형이 사라졌다.

그 와중에도 안드레이 치카틸로의 전신에서는 뭉클뭉클 어둠이 쏟아져 나오기 시작하며 그의 전신이 점점 더 커져갔다. 창백했던 얼굴은 더욱 창백해졌고, 검은 눈동자는 점점 더 짙어졌고, 눈 주변은 가뭄 난 논바닥처럼 검게 물들며 쩍쩍 갈라졌다.

서걱!

"크윽!"

그의 팔이 어깨에서부터 반듯하게 잘려 나갔다.

치이이익!

안드레이 치카틸로의 입에서 신음이 흘러나왔다. 하지만 그는 별로 걱정하지 않는 듯 보였다. 언제든지 다시 재생시킬 수 있을 테니까 말이다.

그러나.

"왜?"

아론에 의해 반듯하게 잘려 나갔던 부분이 재생되지 않았다. 아니, 오히려 불꽃이 일어나기 시작하며 그의 팔을 태우고 있었다. 그리고 자신의 어깨에서 떨어져 나간 팔은 고목처럼 말라가고 있었다.

이유를 알 수 없었다.

절대 이럴 수는 없었다.

어둠의 힘은 이 세상 그 무엇보다 강력하다. 그 강력함을 압도하는 힘은 없었다. 그런데 어둠이 소멸되어 가고 있었다.

그렇게 아론이 안드레이 치카틸로를 정신없이 몰아붙이는 그 순간 칼뤼베이우스 전대 가주와 트레숀 단장과 디아즈 단장이 움직였다.

그들은 빠르게 뼈의 감옥에 갇혀 있는 당대 가주와 일가족을 구해내려 했다. 하나 뼈의 감옥은 그리 쉽게 부서지지 않았다. 그에 칼뤼베이우스 전대 가주는 전력으로 검은 뼈를 두드렸다.

그리고 마침내!

빠각!

검은 뼈 하나가 박살 났다. 하지만 아직 몇 개는 더 부숴야만 했고, 다시 돋아나기 전에 가족들을 구해내야만 했다. 그들이 그렇게 갖은 힘을 다하고 있을 때 아론 역시 안드레이 치카틸로를 정신없이 몰아붙이고 있었다.

"크윽! 크아악!"

안드레이 치카틸로는 정신이 없었다. 잠시의 틈이라도 있어야 마법을 사용하든 무엇을 사용하든 할 것이다. 그런데 그럴 시간조차 주어지지 않았다. 그 와중에 그의 눈으로 부서지는 뼈의 감옥이 들어왔다.

"안 돼애!"

"돼!"

잠깐이었다.

아주 잠깐 한눈팔았을 뿐이었다.

그런데 그것이 치명타로 이어졌다.

콰아아악!

아론의 투박한 양손대검이 안드레이 치카틸로의 정수리로 떨어져 내렸다. 안드레이 치카틸로는 그것을 피하려 했다. 충분히 피할 수 있다고 생각했다. 하지만 실상은 전혀 그렇지 않아 아론의 투박하기 그지없는 양손대검의 날이 안드레이 치카틸로의 정수리를 파고들었다.

슈가가가가가각!

안드레이 치카틸로는 자신이 반으로 갈라지는 소리를 들을 수밖에 없었다. 뼈가 잘리고, 핏줄이 잘리고, 근육이 잘리고, 장기가 잘려 나가는 것을 느낄 수밖에 없었다. 그리고 종내에는 자신의 모든 것이라 할 수 있는 흑염화 모체가 연기가 되어 사라지고, 어둠의 힘이 무의 공간으로 사라지는 것을 느꼈다.

CHAPTER 7

성장

　아론은 어둠의 힘을 흡수했다. 이것은 보통의 인간이 받아들일 수 있는 그런 어둠의 힘이 아니었다. 그레이트 소드 마스터나 그랜드 소드 마스터조차 쉽게 받아들일 수 없는 막대한 힘이었다.

　그래서인지 아론의 얼굴은 상당히 찌푸려져 있었다. 막대한 어둠의 힘이 한꺼번에 밀려들어서가 아니라 지금까지 자신의 일격을 막아낸 자가 드물었다. 그런데 이번에 상대한 자는 자신의 일격을 막아냈다.

　일격을 막아내고 또 반격까지 했으며 짧게나마 공방을 주고받았다.

'점점 강력해지고 있는 것인가?'

어둠의 힘은 점점 강력해지고 있었다. 조금은 다급해질 수밖에 없었다. 물론 언제나 빛이 승리를 거둔다는 것은 안다. 그 승리라는 게 자신에 기인한 것도 알고 말이다. 그러는 동안 흡수한 어둠의 힘은 자신과 동화되고 있었다.

원래 하나였기 때문에 동조되는 데는 오래 걸리지 않았다. 오히려 충만해짐을 느끼고 있었다. 아론은 주변을 훑어보았다. 어느새 메탈리움 칼뤼베이우스가 자신의 앞에까지 도달해 있었다.

"당신……."

"이상한가?"

"많이……."

"의심하는군."

"안드레이가 가진 힘은 결코 가볍지 않았으니까. 그의 도움으로 나는 그랜드 소드 마스터에 오를 수 있었으니까."

"그렇군."

"……."

담담하게 말을 하는 아론의 모습을 말없이 지켜보는 메탈리움 칼뤼베이우스. 이곳에는 오로지 단둘만이 존재했다. 이미 전투는 멈춰 있었고, 땅을 뚫고 솟아났던 언데드들은 어디를 갔는지 보이지 않고 있었다.

반쯤 언데드화되어 용병들과 싸웠던 좀비들을 용병들과 함께 다크 나이츠와 다크 매지션이 정리하고 있었다. 이미 어둠의 힘이 걷힌 상태에서 좀비들은 그리 무서운 존재가 아니었다.

그저 정리하는 수순이라 할 수 있었다. 아론은 주변을 둘러본 후 걸음을 옮겼다. 그를 따라 칼뤼베이우스 전대 가주역시 걸음을 옮겼다. 그때 그 둘의 앞을 가로막는 이가 있었으니 바로 아이언 칼뤼베이우스 당대 가주였다.

그의 얼굴은 파리했다.

상당한 고초를 당한 듯 강건하기 이를 데 없는 그가 휘청거리자 그의 아들이 그를 부축했다.

"괜… 찮은 것이냐?"

"안 괜찮습니다."

전대 가주의 물음에 당대 가주가 답을 했다. 그에 전대 가주는 슬쩍 당대 가주를 외면했다. 이 모든 것이 자신의 욕심 때문에 일어난 사달이기 때문이었다. 그리고 또 하나의 사달이 일어나야만 했다.

"손속에 사정을 두어주셔서 고맙습니다."

당대의 가주가 아론에게 고맙다는 말을 했다.

"단지 거래였을 뿐이다."

그에 당대 가주의 눈썹이 꿈틀 치솟아 오르며 여전히 자신을 외면하고 있는 전대 가주를 바라봤다.

"가문을 지키기 위해서는……."

"언제나 그런 식이십니까?"

"뭐가 말이냐?"

"당대의 가주는 아버지가 아니고 바로 접니다. 어찌 저를 대신하려 하십니까. 그럴 요양이면 차라리 복귀하시지요."

그제야 당대의 가주를 바라보는 전대 가주.

"많이 늙었구나."

"아버지는 저보다 더 젊어지셨군요. 그래서 야망이 생기셨습니까? 세상을 집어 삼키고자 하는 야망 말입니까? 그리고 그 결과가 이겁니까? 가문의 기사들을 죽음으로 몰아넣고, 가문을 풍비박산 내면서까지 말입니다."

"미… 안하다."

"……."

그에 살짝 당황한 듯 보이는 당대의 가주. 지금까지 단 한 번도 자신에게 사과의 말을 하지 않은 아버지였다. 무려 100년이 넘는 세월 동안 말이다. 그런데 이제 사과를 한다. 죄책감이 깃든 얼굴로.

그래서 당황스럽다.

차라리 뻔뻔하게 내가 무슨 잘못을 했느냐, 네놈이 나약해서 이런 참사가 생기지 않았느냐? 참으로 야망이 없는 놈이로 구나, 하면서 자신을 질책했으면 이렇게 당황하지 않았을 것이다. 그런데 저 축 처진 어깨와 죄책감 가득한 얼굴은 대체 뭔가?

그에 더 이상 자신의 아버지를 몰아붙이지 못하고 갈라진 목소리로 물었다.

"대체 그 거래 내용이 뭡니까?"

"……."

메탈리움 칼뤼베이우스 역시 차마 아무 말도 못 했다. 거래에 대해서 말이다. 그에 왠지 모를 불안감에 휩싸인 아이언 칼뤼베이우스.

"첫 번째, 봉문이다."

그때 아론이 담담하게 입을 열었다. 아론의 말에 아이언 칼뤼베이우스가 눈을 부릅떴다.

"사… 실입니까?"

끄덕!

메탈리움 칼뤼베이우스는 말없이 고개를 끄덕였다.

"하아~"

긴 한숨을 내쉬는 아이언 칼뤼베이우스. 그것은 그를 부축하고 있는 장년의 손자 역시 마찬가지였다. 그러다 문득 아이언 칼뤼베이우스는 자리에 털썩 주저앉으며 입을 열었다.

"어쩌면 잘된 일인지도 모르겠습니다."

"잘된 일?"

"봉문하는 동안 그 어떤 가문도 우리 가문을 적대하지 않을 터이니까요."

"하지만 그렇게 되면 가문의 기반을 잃을 수도 있다."

"어쩔 수 없지 않습니까? 일을 벌였으면 그에 대한 책임도 함께 져야 하는 것이니 말입니다."

"하아~"

이번에는 메탈리움 칼뤼베이우스가 긴 한숨을 내쉬었다.

"미안하구나."

"진즉 깨달으셨으면 가문이 이렇게 되지는 않았을 겁니다."

"그래. 네 말이 맞다."

메탈리움 칼뤼베이우스 순순히 인정했다. 그에 아이언 칼뤼베이우스는 뚫어져라 자신의 아버지를 바라봤다. 며칠 전까지만 해도 자신이 이런 말을 들을 줄은 상상조차 하지 못했다. 그런데 하루, 아니, 불과 몇 분 사이에 미안하다는 말을 두 번이나 연속으로 듣고 있었다.

깊은 생각을 하기 싫었는지 아이언 칼뤼베이우스는 머리를 절레절레 저어 생각을 털어내고 다시 아론을 직시하며 물었다.

"두 번째 거래는 무엇입니까?"

"배후 세력을 치는 데 칼뤼베이우스 가문도 참전하라는 것이지."

"배후 세력?"

"이만한 일을 벌이는데 저기 죽어 있는 자 홀로 가능하다 생각하는가?"

"그라면……."

충분히 가능하다고 말하려 했으나 이내 말을 삼킬 수밖에 없었다. 단순히 자신의 가문만 어찌해 보려 했다면 가능할지도 모른다. 그는 그만한 능력이 있었으니 말이다. 하지만 대륙 전체를 두고 보면 어떻게 될까?

그것은 절대 쉽지 않다.

어떤 세력을 가지고 있지 않으면 말이다.

그렇다는 것은 안드레이 치카틸로가 어떤 세력에 들어 있다는 말이 되었다. 또한 흑마법사란 제국을 넘어서 대륙의 공적이라 할 수 있다. 그런 흑마법사와 그들이 사용하는 흑마법 측면에서 보자면 반드시 어떤 거대한 세력을 가지고 있어야만 했다.

"하지만 가문에 남은 것은 아무것도 없습니다."

"철혈의 군주가 있고, 그를 따르는 다크 나이츠와 다크 매지션이 있지."

"하나 그들은……."

가문의 전부라 말하고 싶었다. 하나, 아론은 턱으로 그의 뒤를 가리켰다. 그에 아이언 칼뤼베이우스는 자신도 모르게 아론이 가리킨 뒤를 바라봤다. 그곳에는 어둠의 힘에 끝까지 굴복하지 않고 대항한 가문의 기사와 의지 군건한 자들이 있었다.

"새 술은 새 부대에 담는 법이지."

"그… 렇군요."

그러면서 아론을 향해 시선을 돌리는 아이언 칼뤼베이우스. 그는 허리를 숙여 아론에게 고마움을 전했다.

"배려 감사합니다."

아론의 조치를 아이언 칼뤼베이우스는 배려라고 했다. 그의 무력은 다른 가문에게 뒤질지 모르지만 앞을 내다보는 현명함에 있어서는 그들을 훨씬 더 앞선다고 할 수 있었다.

"내가 보기에 가문을 이끌 가주는 당신보다 당신 아들이 훨씬 나아 보이는군."

"크음."

아론의 말에 불편한 헛기침을 했지만 그와 달리 얼굴에는 만족감이 떠올라 있었다. 그가 아무리 철혈의 군주라고 하지만 아버지임에는 분명했으니까 말이다. 어느 부모가 자식을 칭찬하는데 싫어할까?

"아직 나와의 대화가 끝난 게 아닌 것 같소."

"알고 있어."

"어떻게 된 것이오."

"뭐가?"

"설마 잡아떼는 것은 아닐 테고……."

"구체적으로."

"어둠의 힘이란 흡수한다고 해서 흡수되는 것이 아니오. 더군다나 자신의 고유한 마나로 일가를 이룬 사람에게는 치명타가 되면 되었지 도움이 되지 않기 때문이오."

"내 능력이 출중하다고 하면 안 믿겠지?"

"믿을 것 같소?"

"안 믿겠지."

"그러면 사실을 말해주시오."

"원래 하나였기 때문이지."

꿈틀.

아론의 말에 눈썹을 꿈틀거리는 메탈리움 칼뤼베이우스.

"세상에는 우리만 존재하지 않는다는 걸 알지?"

"물론이오."

"그렇듯이 우주 역시 우리만 존재하지 않지."

"그 말은 왜 하는 것이오?"

"일단 들어봐."

"알겠소."

"그 많고 많은 우주와 차원 속에는 나와 같은 존재가 무수히 존재해."

"그게 무슨."

"그냥 그렇다고. 그런데 그 많은 나 중에 하나의 내가 깨달은 거야. 전 차원에 있는 나의 힘을 흡수하면 나는 신이 될 수 있다는 것을 말이야."

"그……."

말 같지도 않은 소리였다. 그러거나 말거나 아론은 슬쩍 말막지 말라는 눈치를 한번 주고 자신이 하고자 하는 말을 하기 시작했다. 그에 메탈리움 칼뤼베이우스는 입을 꾹 닫고 아론의 말을 주의 깊게 들었다.

지금의 상황과 연결되어 있다는 점은 알고 있었다. 그만한 인물이 아무런 관계도 없는 말을 씨부렁거리지는 않을 테니까 말이다.

"그래서 하나씩 그 힘을 흡수하기 시작했지. 처음이 어렵지 하나를 흡수하자 조금 쉬워졌고, 또 하나를 흡수하자 조금 더 쉬워졌어. 그게 계속되자 문제가 하나 생겼어. 처음에는 상당히 빠르게 강해졌는데 점점 그 힘이 정체되고 있다는 것을 알게 된 거야."

"그래서 어떻게 됐소."

처음과는 달리 메탈리움 칼뤼베이우스는 아론의 말에 깊은 관심을 가지게 되었다. 허황된 말이기는 했지만 점점 있을 법한 이야기지 않은가? 하는 생각이 들었기 때문이었다.

"그래서 그 원인을 찾았고, 오랜 시간이 지나서 마침내 알게 되었어. 그 원인이란 흡수한 힘이 너무 중구난방이라는 것이지. 그래서 같거나 비슷한 힘을 합쳤지. 그리고 그 합친 힘은 일곱 가지나 되었어."

"⋯⋯."

강대한 힘을 합쳤는데 그것이 일곱 개나 된다는 말에 메탈리움 칼뤼베이우스는 자신도 모르게 고개를 끄덕였다. 힘을 흡수하고, 강력해지고, 다시 힘을 분리하고 합치는 과정이 상당히 현실적이라 생각했기 때문이었다.

"그는 그 힘을 하나로 합치려 했지. 그래야지만 궁극적으로 자신이 원하는 신이 되기 때문이야. 그러기 위해서는 아직 많은 힘을 흡수해야 했지. 시간이 흘러가고 그는 조금씩 지겨워지기 시작했어. 언제나 반복되는 삶이 말이야."

그럴 수 있었다.

아무리 신이 되는 강렬한 바람이 있다고는 하지만 몇십 년 혹은 몇백 년 동안 반복되는 행동이 결코 기분 좋고, 행복할리는 없었다.

"그는 점점 방심하게 되었지. 그러다 어느 차원계에 도달해또 다른 자신을 죽이려는 순간, 그는 결정적인 방심을 하게 되어 손가락 하나 까딱하면 죽일 수 있는 또 다른 자신에게 오히려 죽임을 당해."

"그런……."

"반복되는 삶 속에서 단 한 번의 방심이었지만 그 단 한 번의 방심은 결국 죽음으로 연결되어 버린 게지."

"그럼 그 일곱 가지의 힘은……."

"세 가지의 힘은 자신을 죽인 자에게 넘어가고 나머지 네 가지의 힘은 사방으로 흩어졌지."

"하면……."

"그런데 문제는 그 힘이 결코 가볍지 않아 동시대, 동일 공간으로 흩어진 게 아니야. 다른 시간 다른 공간으로 흩어져서 전해진 게지."

"그럴 수가……."

아론의 말에 얼이 빠진 듯 말을 잇지 못하는 메탈리움 칼뤼베이우스. 그는 아들처럼 명석하지는 않지만 지금까지의 삶과 경험으로 아론의 말이 어떤 것을 의미하는지 금방 알아차릴 수 있었다.

언뜻 보면 전혀 별개처럼 보이는 지금의 상황.

제국은 사분오열되어 황권이 약화되어 있었고, 그 틈을 타 몬스터의 침공이 이뤄지고 있었다. 그 침공의 주체는 단 한 번도 유사 종족이라는 반열에 들어서지 못한 오크족이었고, 한

풀 꺾이기는 했지만 제국과 대등하게 싸우며 제국을 혼란의 도가니로 몰아넣고 있었다.

그리고 에퀘스의 성역의 분열과 바벨의 탑의 침묵.

마치 누군가가 각본을 써놓은 것처럼 정확하게 맞물려 가고 있었다. 물론 그 와중에 등장한 용병이라는 쭉정이도 있긴 했지만 애초에 용병들은 역사의 흐름 속에서 별다른 역할을 하지 않았다.

그렇게 에퀘스의 성역이 분열하는 가운데 강력하게 대두한 존재가 바로 용병들의 대지이고 용병들의 대지를 이끌고 만들어낸 용병왕이라는 존재였다. 이런 가운데 아론의 말은 이 모든 것이 어떤 존재에 의해서 만들어진 것이라는 걸 역설하고 있었다.

"그것을 어떻게……."

짐작은 했다.

하지만 확인하고 싶었다.

"일곱 개의 힘은 서로를 당기는 힘이 있거든. 서로를 느끼고 있지. 당신이 생각하는 것처럼 나는 세 개의 힘을 가졌지. 또 한 개의 힘을 가진 존재가 내 곁에 있고. 그러면 나머지 세 개의 힘은?"

"그 세 개의 힘도 하나로 합쳐졌다는 말이오?"

"딩동댕~ 정답!"

"그렇다면."

"그 세 개의 힘은 스스로 다스려 서로를 보완하며 융합한 것이 아닌 강제적인 힘에 의해 흡수되었지. 때문에 그 힘을 서로 융합해 자신의 것으로 만들기 위해서는 재물이 필요한 거야."

"그 재물이라는 것이……."

"피와 살육, 원한과 고통 그리고 비통."

"전쟁이구려."

"그렇지."

"하지만 세 개의 힘이라 했으니 다른 방법도 있을 터인데……."

"왜냐하면 그 두 개의 힘을 흡수한 힘이 바로 어둠의 힘이거든."

"그래서……."

"그래."

"우리가… 그 어둠의 세력에 놀아났단 말이로군."

"틀린 말은 아니지."

"……."

아론의 말에 침묵하는 메탈리움 칼뤼베이우스. 둘은 한참 동안 대화가 없었다.

"어쩌면 당신의 그 조치가 우리 가문을 살린 것일지도 모르겠군."

"그렇게 생각하면 기분 좋고."

"한데 왜 그랬소."

"왜냐면 사람은 아픔만큼 성장하거든."

"아픔만큼 성장한다라… 좋은 말이구려."

"이제 알았으니 준비를 단단히 해두는 게 좋을 거야."

"알겠소."

"마무리하고 플랑드르로 와."

"가는 게요?"

"그럼 여기서 살게?"

"아니오."

"그럼 수고하고."

아론이 신형을 돌려 사라졌다. 메탈리움 칼뤼베이우스는 아론이 사라진 곳을 멍하게 바라보다 바람결에 흩어진 목소리로 한 마디를 내뱉었다.

"고맙소."

나직한 한 마디.

그 한 마디를 내뱉고 메탈리움 칼뤼베이우스는 정적이 감돌고 있는 칼뤼베이우스 가문의 하늘을 바라봤다. 서서히 여명이 터오고 있었다.

"미망에서 깨어나니 새벽이 밝아오는구나."

그의 입가에는 흐뭇한 미소가 걸려 있었다.

*　　　　　*　　　　　*

세상이 또다시 들썩이기 시작했다. 그 이유는 용병들의 대지를 통해 플람베르 가문을 공격하려던 칼뤼베이우스 가문과 엘리오스 가문이 돌연 봉문을 선언했기 때문이었다.

그야말로 충격이라 할 수 있었다.

비록 칼뤼베이우스 가문이 에퀘스의 성역의 말석을 차지하고 있고, 엘리오스 가문 역시 5좌를 차지하고 있다고는 하지만 그들 한 가문이 차지하는 비중은 실로 막대하여 중소 귀족의 영지 몇 개 정도는 쑥대밭으로 만들 만큼 대단했기 때문이었다.

그리고 유구한 역사를 자랑하는 에퀘스 성역의 가문이 지금까지 봉문한 적은 단 한 번도 없었다. 하지만 정작 사람들이 주목한 점은 그들이 봉문한 것이 아닌 용병왕에 의해 봉문을 당했다는 것이었다.

단 두 가문이지만 에퀘스의 성역에 속한 가문들이었다. 그런 두 가문을 봉문시켰다는 것은 그들을 혼수상태에 이를 만큼 치명상을 입혔다는 걸 의미했다. 봉문하라는 용병왕의 말에 아무런 반발도 없이 무조건 그의 말에 따른다는 것이니 말이다.

그 일로 용병들의 위상이 급상승했다.

용병들의 대지인 플랑드르가 존재했고, 용병들의 왕이 존재했다.

그런데 그 용병들의 왕이 에퀘스의 성역 중 두 개의 성역을 봉문시켜 버렸다. 거기에 더하여 지금 플랑드르 출신의 용병들은 제국 전역으로 흩어져 몬스터들과 싸우고 있었다.

그들은 스스로를 임페리움 용병단이라고 했는데 그곳에 소속된 용병들은 어느 용병들과 달랐다. 물론 그들의 행동과 말은 달라지지 않았다. 여기서 행동과 말이란 바로 용병 특유의 거칠고 투박함을 말한다. 그것은 용병들의 전유물과 같은 것이니까.

하지만 그것 이외에는 모든 것이 달라졌다.

마음에 들지 않으면 의뢰인을 죽여 버린다든가, 계약을 파기한다든가, 시비를 걸고, 행패를 부리는 등의 그동안 용병 하면 생각나는 그런 패악질을 전혀 하지 않았다. 그들은 약자를 보호했다.

어린아이들과 여자, 그리고 노약자들을 보호했으며, 패악질을 저지르는 용병들과 무기를 들고 대치하거나 그들과 싸움을 벌여 용병계에 발을 딛지 못하도록 만들었다. 그렇게 용병계에는 새로운 바람이 불었다.

하지만 걸레는 빨아도 걸레라고 말하는 이가 있는가 하면 그 걸레가 깨끗하지 않으면 집안이 더러워진다고 말하는 이도 있었다. 또한 걸레 날 때부터 걸레였느냐고 항변하는 이들도 있었다.

그 탓에 지금 용병계는 몸살을 앓고 있었다. 달라진 모습을 주의 깊게 바라보는 이가 있는가 하면 그래도 용병이라고 말하는 이들도 있었다. 신구와 용병왕이 나타나기 이전을 그리워하는 이들도 있었다.

물론 용병왕 이전의 시절을 그리워하는 이들은 노략질과 계약을 밥 먹듯이 어기는 자들이 대부분이었다. 그래서 대부분의 평민은 용병왕과 그를 따르는 플랑드르의 임페리움 용병단을 반길 수밖에 없었다.

거기에 귀족들도 가세하기 시작했다.

평민들이 느끼듯 귀족들 역시 빠르게 변화하는 용병들의 모습을 체감할 수 있었다. 우선 그들은 귀족 혹은 기사들도 잘 모르는 글을 읽고 쓸 줄 알았다.

언뜻 본다면 용병들이 더 귀족스럽다고 할 수 있을 정도로 말이다. 그 이유는 바로 플랑드르에 설치된 용병 아카데미 덕이었다. 플랑드르에 기반을 두고 활동을 하려면 무조건 용병 아카데미에 입학해야만 한다.

또한 임페리움 용병단에 들기 위해서는 그 용병 아카데미를 반드시 수료해야 했다. 기존의 임페리움 용병단 소속의 용병들 역시 용병 아카데미에 입학하고 수료해야 했으며, 그곳에서 실시하는 평가를 통과해야만 했다.

단지 아카데미를 설치했을 뿐인데 용병들은 점점 체계적인 정예 용병으로 변해가고 있었다. 귀족과 평민이 임페리움 용병단을 인정하고 더 우대하게 되자 그들을 헐뜯던 용병들도 변할 수밖에 없었다.

경쟁력이 떨어지면 도태되게 마련이다. 또한 타인의 목숨은 몰라도 최소한 자신의 목숨에는 누구보다 강력하게 반응하는 용병들이었고 어쩌면 이런 변화의 움직임이 당연한 것일지도 몰랐다.

어쨌든 그렇게 용병들은 변해가기 시작했다. 그리고 그에 힘입어 제국은 점점 몬스터들을 몰아붙이고 있었다. 최상층의 우두머리가 제거되었지만 이미 각성한 오크들은 결코 전투를 멈추려 하지 않았다.

그 와중에 대두된 강력한 존재가 있었으니 바로 회색 오크족의 대족장이 된 카툼이었다. 그는 오크들이 나타나는 전장이라면 어디든지 달려갔다. 그리고 전투를 하든 아니면 협박이나 설득을 하든 어떤 수단과 방법을 가리지 않고 오크들을 자신의 휘하로 끌어들였다.

일각에서는 그런 카툼의 움직임을 보고 우려의 말을 하기도 했지만 그가 바로 임페리움 용병단의 부단장이자 용병왕의 왼팔이라는 걸 알게 되자 우려는 순식간에 불식되었다. 또한 그런 카툼을 이종족들이 전적으로 지지하는 상황이기 때문에 그런 우려는 그리 큰 문제가 되지 않았다.

그러한 가운데.

칼뤼베이우스 가문, 엘리오스 가문과 함께 에퀘스의 성역에 균열을 일으킨 포세이두스 가문과 스피리투스 가문의 당대 가주와 전대 가주이 만남이 이루어지고 있었다. 한자리에 모인 그들은 과히 좋은 얼굴이 아니었다.

포세이두스 가문의 전대 가주이자 빙제라 불리우는 헤일로스 포세이두스, 당대의 가주인 폰스 포세이두스 그리고 그의 최측근 책사인 빅토르 페구에르, 그리고 스피리투스 가문의 전대 가주이자 풍제라 일컬어지는 비엔토 스피리투스와 당대의 가주인 페르플라멘 스피리투스와 그의 책사인 에디 메이스. 그들의 얼굴은 한결같았다.

한 꺼풀 살얼음이 낀 것처럼 냉랭하기 그지없는 그들의 표정에서 지금 그들이 어떤 상황에 처해 있는지 너무나도 잘 드러내고 있었다. 그들 여섯 명은 한자리에 앉았지만 누구 하나 먼저 입을 여는 자가 없었다.

"엘리오스 가문과 칼뤼베이우스 가문이 봉문당했다고?"

가장 먼저 나이를 알 수 없는 창백하고 홀쭉한 얼굴, 투명한 백색의 동공에 치렁하고 잘 정돈된 백색의 머리카락, 등 뒤로 얼음처럼 투명한 대검을 멘 자가 입을 열었다.

"그렇습니다."

그의 물음에 포세이두스 가문의 책사로 있는 빅토르 페구에르가 답을 했다.

"용병왕이라는 자에게?"

"그렇습니다."

"몬스터들은?"

"지리멸렬입니다."

"그분께서는?"

"헬 나이트 5백기를 보내오셨습니다."

"그리고?"

"헬 매지션 1백기와 함께입니다."

"본 가문의 전력은?"

"스컬 나이트 5백, 스컬 매지션 1백, 가병 5천입니다."

"수고했다."

얼음처럼 투명한 대검 때문인지 몰라도 말을 할 때마다 등 뒤에서 새하얀 입김이 새어 나오고 있었다. 그의 시선이 자신의 맞은편으로 향했다. 그의 맞은편에는 그와는 전혀 상반된 모습의 사내가 앉아 있었다.

삐쩍 마른 몸에 검은 입술, 검은 동공, 검은 얼굴, 검은 머리카락, 거기에 검은색 창까지. 온통 검은색 일색인 인간, 아니, 과연 인간인지조차 의심스러운 자.

바로 스피리투스 가문의 전대 가주이자 풍제라 일컬어지는 비엔토 스피리투스였다.

"동일하군."

"그러한가?"

그러면서 헤일로스 포세이두스는 자신의 앞에 놓인 검붉은 액체가 찰랑이는 투명한 삼각형 모양의 유리잔을 들어 입술을 축였다. 그러자 그의 입술은 순식간에 검붉은 색으로 물들었고, 비릿한 향기가 사방으로 퍼져 나갔다.

"신선하군."

"그런가?"

그러면서 비엔토 스피리투스 역시 잔을 들었고, 헤일로스 포세이두스와는 다르게 단숨에 입안으로 털어 넣었다.

탁!

유리잔을 소리 나게 내려놓는 비엔토 스피리투스.

"그래서?"

밑도 끝도 없는 물음이었다.

하지만 이곳에 있는 이들 중 그의 물음의 의미를 모르는 이는 단 한 명도 없었다.

"그분께서는 의도한 대로 진행하라 하셨습니다."

"역시……."

아주 만족스럽다는 듯이 웃는 비엔토 스피리투스. 흰 이와 새빨간 혀, 그리고 그 이 사이에 흘러내리는 검붉은 액체가 그의 웃음을 더욱더 소름끼치게 만들고 있었다.

"나는 예정한 대로 마테리아 가문을 친다."

"그렇다면 나는 굴카마스 가문이겠군."

"뭐, 자연스럽게 플람베르 가문의 수명이 조금 더 연장되는 꼴이로군."

"그곳은 그분께서 직접 움직이시겠다고 했습니다."

"직접?"

"아! 죄송합니다. 불의 마탑입니다."

"크흐흐, 그렇지. 닭 잡는데 소 잡는 칼을 쓸 필요는 없지."

비엔토 스피리투스의 얼굴 위로 스산한 웃음이 떠돌았다.

"무엄하다. 그분을 겨우 소 잡는 칼로 비유하다니."

그에 헤일로스 포세이두스가 싸늘한 일갈을 내뱉었다. 순간 두 사람의 시선이 서로 얽혔다. 금방이라도 피 튀기는 싸움이 일어날 것 같은 상황. 그나마 대화를 하며 훈훈했던 분위기는 급랭되었다.

"두 분 진정하시길."

"그렇습니다. 아군끼리 다툼할 필요는 없습니다."

그에 두 가문의 책사를 맡고 있는 빅토르 페구에르와 에디 메이스가 조심스럽게 그들을 뜯어말렸다. 그럼에도 그들의 냉랭한 대치는 풀리지 않았다.

"그만하시지요."

그때 지금까지 아무런 말도 하지 않았던 포세이두스 가문의 당대 가주와 스피리투스 가문의 당대 가주가 동시에 입을 열었다. 그에 둘은 흘깃 당대 가주들을 바라본 후 대검과 창을 거둬들였다.

하지만 그 둘의 대치가 끝나지 않자 비위 상한 비엔토 스피리투스가 자리를 털고 일어섰다.

파스스스.

그가 붙잡고 일어나자 꽤 단단해 보이는 의자의 팔걸이가 먼지가 되어 사라졌다. 그는 슬쩍 헤일로스 포세이두스를 바라보며 나직하게 중얼거렸다.

"약하군."

이것은 분명 도발이라 할 수 있었다. 하지만 창백한 얼굴을 한 헤일로스 포세이두스는 전혀 반응하지 않았다. 아니, 오히려 그의 도발을 되받아치고 있었다.

"힘조차 제대로 다스리지 못하다니……."

"뭐?"

그에 비엔토 스피리투스가 발끈했다. 그에 당대의 가주인 폰스 포세이두스가 슬쩍 페르플라멘 스피리투스에게 눈짓을 했고, 둘은 눈짓으로 합의를 봤는지 곧바로 일어나며 입을 열었다.

"이만 가시지요."

"……."

페르플라멘 스피리투스의 말에 비엔토 스피리투스는 그저 말없이 헤일로스 포세이두스를 쏘아보기만 했다. 결국 페르플라멘 스피리투스의 재촉에 신형을 확 돌려 걸음을 옮겼다. 그 모습을 보고 페르플라멘 스피리투스와 에디 메이스는 나직하게 한숨을 내쉬며 고개를 저었다.

그리고 곧바로 비엔토 스피리투스를 따라 나섰다. 그런 그들을 바라보던 폰스 포세이두스 역시 고개를 저으며 나직하게 입을 열었다.

"얼마의 시간이 지났던데……."

"얼마의 시간이 지나든 상관없다. 난 저놈과 절대 함께하고 싶지 않다."

폰스 포세이두스의 말에 냉랭하기 그지없는 헤일로스 포세이두스의 일갈이 터졌다.

쩌저적!

얼마나 화가 났는지 들고 있던 귀한 유리잔에 성에가 끼며 얼어붙었다. 그 안에 담겨 있던 검붉은 액체마저 얼어붙었고, 헤일로스 포세이두스는 그것을 그대로 입으로 가져가 통째로 씹어버렸다.

와드득! 와드득!

그런데도 불구하고 그의 입에서는 피 한 방울 흘러내리지 않았다. 그런 헤일로스 포세이두스의 행동을 보며 폰스 포세이두스와 빅토르 페구에르는 나직하게 한숨을 내쉬었다. 2백이 넘은 나이인데도 불구하고 그 호승심은 여전했기 때문이었다.

헤일로스 포세이두스가 이름이 되어버린 유리잔을 다 씹어 먹자 폰스 포세이두스가 그의 맞은편에 자리했다. 그의 옆으로 책사인 빅토르 페구에르와 가문의 기사단장인 페르난도 니콜라 그리고 마법단장인 로니 스렌딜이 자리하고 있었다.

그들은 이미 회의가 끝난 것을 알고 빠르게 자리한 것이었다. 그들이 있든 말든 헤일로스 포세이두스의 표정은 변하지 않았다. 그는 가볍게 손으로 입술을 훔쳐 털어낸 후 입을 열었다.

"준비는 완벽하겠지?"

"물론입니다."

"상대는 굴카마스 가문이다."

"알고 있습니다."

"아무리 우리의 힘이 강력해졌다고 하지만 굴카마스 가문의 저력을 경시해서는 안 될 것이다."

"물론입니다."

"일시에 쳐들어가 굴카마스 가문의 모든 것을 지상에서 지운다."

"명을 따릅니다."

헤일로스 포세이두스의 명을 받은 이들이 자리에서 물러났다. 이곳에는 헤일로스 포세이두스와 그의 아들이자 당대의 포세이두스 가문의 가주인 폰스 포세이두스만이 존재했다.

"완벽해졌느냐?"

"아직은 멀었습니다."

"누가 너 정도의 나이에 그랜드 소드 마스터가 되었을까?"

"아버지는 어떠셨습니까?"

"나는 네 나이 때 그레이트 소드 마스터이다. 그분의 힘을 전수받는데도 불구하고 말이다."

"그러셨습니까?"

아버지의 말에 영혼 없는 답을 하는 폰스 포세이두스. 하지만 헤일로스 포세이두스는 전혀 신경 쓰지 않는 듯한 모습을 보였다. 그런 말투에 일희일비할 정도의 수준이 아니었으니 말이다.

"나는 이 순간을 오랫동안 기다려 왔다."

"알고 있습니다."

"나의 아버지의 아버지 대부터 진행되어 왔던 계획이 이제야 결착을 맺는구나."

"새롭습니까?"

"글쎄, 그것은 잘 모르겠다. 하나 이것 하나만은 명확하지."

"어떤 것입니까?"

"에퀘스의 성역은 사라진다는 것."

"하긴 성역이 참으로 오랫동안 지속되어 왔고, 이제는 재편되어야 할 시기임은 분명합니다."

"그래. 에퀘스의 성역은 사라지고, 그분 아래 새로운 에퀘스의 좌가 생성될 것이다."

"알고 있습니다."

"너는 조금 더 강해져야 한다."

"아버지의 나이가 되면 가능할 겁니다."

"벽을 허물기 쉽다고 하더냐?"

"아닙니다. 하나 그랜드 소드 마스터의 벽을 허물었으니 이터너티 소드 마스터의 벽 역시 허물 수 있을 것이라 생각합니다."

"자만하고 있구나."

"자만이 아닙니다. 일인지하 만인지상에 오를 자의 자신감입니다."

"크흐흐흐, 좋구나. 그래야지. 이 헤일로스 포세이두스의 아들이라면 응당 그런 포부가 있어야지."

"당연합니다."

"언제 출발할 것이냐?"

"자정이 되어야 출발할 겁니다."

"실패는?"

"없을 겁니다."

"믿는다."

"믿으십시오."

둘의 시선이 얽혀들었다.

하지만 그들의 얼굴은 여전히 서리가 내려앉은 모습이었다. 그들에게 있어 인간의 감정이란 없었다. 그저 지금 자신이 인간이었을 때의 상황에 대비하여 연기를 하는 것과 같았다.

그들의 일거수일투족은 모두 같았다. 그것은 비엔토 스피리투스 역시 마찬가지였고, 그의 아들 페르플라멘 스피리투스 역시 마찬가지였다. 그들에게 욕망이란 없었다. 있다면 명령과 복종이 있을 뿐이었다.

그들은 그분께 명령을 받았고, 복종했다.

그들은 인간의 모습이어야 한다.

그래서 이들은 살아생전의 기억으로 연기를 하고 있었다.

폰스 포세이두스가 자리를 벗어났다.

그에 헤일로스 포세이두스의 모습 역시 연기가 되어 사방으로 흩뿌려졌다. 그리고 그가 모습을 드러낸 곳은 예의 검은색 일색의 비엔토 스피리투스가 있는 곳이었다.

"출발했나?"

"출발했다."

"우리가 나서야 할 차례로군."

"그분께 영광을."

"영광을."

그 말과 함께 헤일로스 포세이두스와 비엔토 스피리투스는 허깨비처럼 사라졌다.

*　　　*　　　*

"포세이두스 가문과 스피리투스 가문의 동태는?"

"어둠을 통해 일단의 인물이 각 가문을 벗어났습니다."

"그렇군. 우리 쪽은?"

"포세이두스 가문입니다."

"결국……."

보고를 들은 전대 굴카마스 가주는 안색이 굳어졌다.

"그들의 수준은 어떻게 보이나."

"죄송스럽지만……."

"파악할 수 없었던가?"

"그렇습니다."

"적어도 정찰을 하는 이들보다 월등하게 앞섰다는 말이로군."

"그렇습니다."

"그렇다면 정찰하는 이들이 발각되었을 수도 있겠군."

"그건……."

대답을 못 하고 말을 흐리자 당대의 굴카마스 가주는 난색을 표했다.

"아마도 자신감일 겁니다."

그때 조용히 자리를 지키고 있던 길버트 플람베르가 입을 열었다. 그러자 모두의 시선이 그에게로 향했다.

"어찌 그리 생각하느냐?"

전대 플람베르 가문의 가주인 플레이마누스가 물었다. 길버트는 소가주라는 직책을 맡고 있기는 하지만 어쨌든 현재 플람베르 가문의 가주는 이그니스 플람베르였다. 솔직히 그가 나설 자리는 아니라고 할 수 있었다.

하지만 당대의 가주인 이그니스는 군이 그를 이 자리에 함께했다. 그 이유는 이미 마음속 깊이 자신의 아들을 믿고 있기 때문이었다. 정식으로 표명하지 않았을 뿐 이미 플람베르 가문의 모든 것은 그에 의해 결정되고 있었다.

그리고 젊은 나이임에도 불구하고도 그레이트 소드 마스터에 오른 그인지라 어쩌면 당연한 것일지도 몰랐다. 그러하기에 엘더 에퀘스에 오른 플라이마누스 플람베르의 시선은 온화하기 그지없었다.

자신의 아들에 이어 손자까지 그 실력이 뛰어나니 이것은 가문으로서는 이루 형언할 수 없는 홍복이었고, 개인적으로는 가슴 뿌듯한 일이라 할 수 있었다.

"친구의 말에 의하면 엘리오스 가문과 칼뤼베이우스 가문은 거의 육 할 정도 어둠의 힘에 잠식되어 있었다고 합니다."

"육 할이라?"

"그렇습니다."

"그래서 봉문을 택한 것인가?"

"그들로서는 어쩔 수 없는 선택일 것입니다. 물론 제 친구의 강압이 조금 들어가 있었겠지만 말입니다."

"친구 자랑은 그만하고."

"아, 예. 그런 고로 포세이두스 가문과 스피리투스 가문은 거의 십중팔구로 어둠의 힘에 잠식되었거나 그들의 하수인이 되었을 가능성이 높습니다."

"무슨 근거로?"

"최근 그들이 다스리고 있는 영역 대부분이 어둠에 잠식되고, 언데드들이 출몰하는 게 첫째이고, 에퀘스의 성좌 중에 유일하게 그들의 영역만이 몬스터의 침공을 받지 않았기 때문입니다."

"그것만으로?"

"증거를 대라면 더 댈 수 있겠지만 그것만으로도 충분하다 생각됩니다."

"왜?"

"지금 제국에서 몬스터의 침공을 받지 않은 곳이 없습니다. 또한 그 몬스터의 침공이 하나의 종족으로 각성해 버린 오크들에 의해서라는 건 이미 널리 알려진 바입니다."

"그렇지."

"그런데 그들을 각성케 한 힘이 문제입니다."

"어둠의 힘이었지."

"그렇습니다."

길버트의 말에 침묵할 수밖에 없었다. 솔직히 인정하고 싶지 않았다. 인정하기에는 그동안의 공이 너무 높았기 때문이었다. 그런데 이제는 인정해야 할 것 같았다.

"그들이 힘을 숨기지 않는 이유이기도 하겠군."

"그렇습니다. 마음대로 즐거워해라. 이것이 너희들의 마지막일 될 터이니. 이렇게 말하는 것과 다르지 않습니다."

"결국 그들은 우리에게 경고를 하는 거로군. 고개를 숙이든지 멸문하든지."

"그렇습니다."

"어떻게 될 것 같은가?"

"뭐, 쉽지는 않겠지만 그렇다고 어렵지도 않을 겁니다. 그들은 우리가 여기에 왔다는 걸 모를 것입니다."

"왜?"

"그들은 자만하고 있습니다."

"자만하고 있다? 그들의 계획이 상당히 틀어졌음에도 불구하고?"

"하지만 그렇다고 해서 그들에게 어떤 타격이 있었습니까?"

"그건······."

"전혀 타격이 없었습니다. 타격이라면 심혈을 기울인 축에 속하는 귀족들이 많이 제거되었다는 것인데 그런 것쯤은 언제든지 회복할 수 있지 않습니까?"

"제국의 귀족들은 별 중요한 축에 속하지 않는다는 말이로군."

"그렇습니다. 귀족들이야 제국이 망하든 흥하든 가문이 중요하지 않겠습니까?"

"그렇긴 하군. 결국 그들의 중심이 바로 바벨의 탑과 에퀘스의 성역이란 말이로군."

"그렇습니다. 제국을 유지하는 세 개의 기둥 중 두 개의 기둥이니 당연한 겁니다."

"끄응, 이제부터 시작이란 말이로군."

"진정한 시작입니다."

"허, 거참."

길버트의 말에 그들의 얼굴은 딱딱하게 굳어졌다.

CHAPTER 8

불과 얼음의 대결

헤일로스 포세이두스.

그는 지금 허공을 날고 있었다.

마치 산책하듯이 뒷짐을 진 채 어두운 야공을 걷고 있었다. 그의 등 뒤에는 예의 그의 전용인 얼음 대검이 둥실 떠서 따라오고 있었다. 그의 창백하고 냉막한 얼굴에는 어떠한 감정도 찾아볼 수 없었다. 그러한 그가 어디로 향하는 것일까?

쩌저적!

그는 단지 허공을 달리고 있는데도 그가 가는 길마다 옅은 얼음이 되어 펴져갔다. 그가 지나간 후 얼음은 산산조각이 나

허공에서 사라져 갔다. 그 모습이 마치 얼음으로 만들어진 길을 따라 이동하는 것과 같았다.

그렇게 얼마 동안 이동했을까?

마침내 그의 걸음이 멈췄다.

걸음을 멈춘 헤일로스 포세이두스는 투명한 눈동자로 자신의 걸음을 멈춘 자를 바라보다 입을 열었다.

"누구냐."

"말해주면 알까?"

"내자불선 선자불래라……."

"어려운 말까지 쓰고 아직 정신을 놓지 않은 모양이로군."

꿈틀.

그에 무표정한 헤일로스 포세이두스의 새하얀 눈썹이 꿈틀거렸다.

"물었다. 누구냐고."

"아론."

"용병왕?"

"이런, 날 알고 있었나? 내가 꽤 유명한 모양이군."

너스레를 떠는 아론의 모습에 여전히 무표정한 얼굴을 하고 있는 헤일로스 포세이두스. 그런 그의 얼굴을 바라본 아론은 다시 이죽거렸다.

"흐음, 얼굴 근육이 다 망가졌나? 아니면 인간의 감정이 없는 것인가?"

"그게 상관이 있나?"

"그야, 뭐……."

"어차피 능력이 없으면 죽는 것인데."

"그렇긴 하군."

"그런데 세상의 평가가 잘못된 것 같군."

"무슨 소리?"

"세상은 널 너무 과소평가하고 있다는 말이지."

"흐음, 내가 좀 잘나기는 했어도 그 정도는 아닌 것 같은데."

"이것이 의도적이라고 한다면 넌 진정 무서운 놈이로군."

"인성이 없어지지도 않았고, 실력은 뛰어나고, 넌 심혈을 기울인 놈이로군."

"심혈?"

아론의 말이 마음에 들지 않는다는 듯한 반응을 보이는 헤일로스 포세이두스. 아마도 지금까지 그가 한 표현 중 가장 풍부하다고 할 수 있었다.

"네놈은 중요한 하수인이라는 것이지."

"하수인이라… 네놈은 우리가 누구인지 알고 있군."

"네놈을 그렇게 만든 놈도 알고 있지."

"달린 입이라고 함부로 말하지 마라. 그분을 모욕하지 마라."

"홋! 너한테나 그분이지 나한테는 아니지."

"네놈이 죽고 싶은 게로구나."

"죽일 수 있다면."

아론은 고개를 삐딱하게 돌리며 입을 열었다. 그 모습이 보기 싫었던 것일까? 헤일로스 포세이두스의 등 뒤에 있던 빙검이 싸늘한 기운과 살기 어린 모습으로 허공을 부유했다. 마치 가지런하게 내린 빗은 머리카락이 정전기라도 일어난 듯 사방으로 치솟아 올랐다.

"가소로운 놈."

"정말 그럴까?"

시종일관 마치 놀리듯이 대하는 아론. 그런 아론의 태도는 아무리 무감정한 헤일로스 포세이두스라 할지라도 참고 넘어가기 어려웠다. 하나 그렇다고 해서 여느 사람들처럼 분노하지는 않았다.

감정이라는 것이 이미 사라진 상태이기 때문이었다. 그가 지금 아론에게 보이는 것은 적의라 할 수 있었다. 이 또한 감정이라고 하면 감정일 것이다. 하지만 또 다른 것이 있다면 언데드로서 인간에 대한 끊임없는 맹목적인 살의와 같은 것이니 어떻게 해석할지는 모를 일이다.

어쨌든 헤일로스 포세이두스는 노루 꼬리만큼이나 남아 있는 감정의 끄트머리에서 아론을 대하고 있었다. 그는 아직까지 자신을 인간이라고 생각하고 있으니 어쩌면 당연한 것일지도 몰랐다.

스스슷!

주변이 스산하게 변해갔다.

아론 역시 무표정하게 그를 바라보며 투박한 대검을 비스듬하게 내렸다.

화르륵!

그의 대검에는 헤일로스 포세이두스의 얼음으로 만들어진 검과 전혀 상반된 붉은 화염이 이글거렸다. 세상의 무엇이든 다 태울 것 같은 화염으로 말이다.

"네놈……."

순간 헤일로스 포세이두스는 아론이 의도적으로 자신과 상반된 불의 검을 시전한 것이라고 생각했다. 아니, 정확한 의도라고 생각했다.

"넌 얼음, 난 불. 어디 한번 붙어보자."

"후회하게 만들어주마."

"후회라는 감정이 뭔지는 알고?"

"뚫린 입이라고 함부로 씨불이는구나."

"말로만 하지 말고 와봐. 제대로 가르쳐 주지."

"놈!"

샤아아악!

헤일로스 포세이두스의 전신에서 얼음보다 차가운 마나가 치솟아 올랐다. 주변을 순식간에 얼려 버릴 것 같은 마나였다. 보통의 기사라면 그 차가운 기운에 순식간에 얼어버릴 정도였다.

하지만 아론에게는 어림도 없었다.

헤일로스 포세이두스가 뿜어내는 냉기는 그의 근처에도 도달하지 못하고 녹아내렸기 때문이었다.

치이이익!

얼음과 불이 만나자 얼음이 녹아내리는 소리가 흘러나왔고, 그 소리는 다시 어둠 속에서 새하얀 연기를 만들어내며 기이한 광경을 연출했다. 인간인데도 허공에 떠 있고, 얼음과 불이 만나 새하얀 수증기가 발생하니 누군가 봤다면 입을 다물지 못했을 것이다.

하나 그 신기한 광경에도 불구하고 대치하고 있는 둘 사이에는 이루 형언할 수조차 없을 정도의 긴장감이 어리고 있었다. 주변을 다 얼려 버리고 불태울 것 같은 그들의 기세였지만 정작 당사들은 별다른 신경을 쓰지 않는 듯싶었다.

"으음……."

그 와중에 헤일로스 포세이두스가 나직한 신음성을 흘렸다.

'어디에도 틈이 없고, 어디에도 틈이 존재한다.'

모든 곳이 허점투성이였다. 그래서 고민되었다. 목도 좋을 것 같았고, 심장도 좋을 것 같았고, 옆구리나 허리도 좋을 것 같고. 어디를 어떻게 치고 들어가도 좋을 것 같다.

하지만 어디를 어떻게 치고 들어가도 자신은 그 즉시 반격을 당함과 동시에 치명상을 입을 것 같았다. 그래서 함부로 들어가지 못했다. 그러니 고민될 수밖에 없었다. 반드시 죽여야만 했다. 목표는 그가 아니었지만 어쨌든 그토록 찾던 자가 스스로 눈앞에 나타났으니 반드시 제거해야만 했다.

'목표는 이자를 제거한 후에 해도 상관없으니까.'

이자가 정말 그분이 제1의 적으로 삼고 있는 용병왕이라면 오히려 이것이 기회일지 몰랐다. 물론 그분께서는 이자와 만나면 도망치라는 명을 내렸다. 하지만 상대는 신이 아닌 인간.

인간의 한계를 넘어선 자신이 도망간다는 것은 말도 안 되는 일이었다. 생각보다 조금 강해 보이기는 하지만 그렇다고 해서 저자와 싸워서 이기지 못할 정도는 아니라고 생각되었다.

츠으으윽!

냉기가 조금 더 강력해졌다.

조금 더 짙은 안개가 뿌옇게 시야를 흐렸다.

그에 반해서 헤일로스 포세이두스의 전신에서는 도저히 범

접할 수 없는 냉기가 뻗어 나오고 그의 백색 머리카락은 한 올 한 올 하늘로 치솟아 올랐다. 그리고 그의 주변이 얼어붙기 시작했다.

상황이 점점 정점으로 향하는 그 순간 마침내 헤일로스 포세이두스의 손에 검이 잡혔다. 상당히 크고 둔탁한 양손대검임에도 불구하고 마치 한손 검인 양 휘두르고 있었다. 그와 동시에 헤일로스 포세이두스는 대검을 가볍게 튕겼다.

슈화아앙!

그가 던진 검이 거친 소리를 내며 날아갔다.

그와 동시에 어느 지점에 달하자 수십 자루의 검으로 분사되어 아론을 향해 쇄도했다. 아론은 들고 있던 투박한 대검 슬쩍 들어 가볍게 저었다.

따다다당!

철이 부딪히는 소리가 들려왔다.

처음에는 그저 작은 소리일 뿐이었다. 하지만 점점 더 소리가 커지고 종내에는 귀를 틀어막을 정도였다. 그리고 아론의 대검으로 전해지는 충격 역시 점점 더 강렬해졌다. 만약 아론이 이먼스 소드 마스터에 오르지 않았더라면 결코 감당할 수 없을 정도였다.

아니, 감당할 수 없는 것이 아니라 이미 폭음을 내며 터져 나가는 폭발에 검은 박살 나고 그 검을 잡고 있는 자의 손과

팔은 너덜너덜해졌을 것이다. 거기에 더하여 마나의 흐름을 저해하고, 마침내 전신을 감싸고 도는 마나를 얼려 버렸을 것이다.

하지만 아론은 달랐다.

그의 검과 전신에는 화염이 이글거리고 있었다. 모든 것을 얼려 버릴 것 같은 냉기가 그의 주변에서는 별로 큰 효력을 보이지 못했다. 아니, 오히려 헤일로스 포세이두스가 내뿜는 극한의 냉기를 녹여 버리고 있었다.

"으으음……."

그에 헤일로스 포세이두스는 나직한 신음을 흘릴 수밖에 없었다. 자신의 어떤 공격도 아론에게는 통하지 않을 것 같았다. 그에 헤일로스 포세이두스의 얼굴에는 두 번째의 감정이 드러났다.

그것은 바로 짜증이었다.

지금까지 모든 것이 자신의 의도대로 흘러왔다.

하지만 어쩐 일인지 이번에는 전혀 자신이 의도한 대로 흘러가지 않았다. 마치 벽에 가로막힌 것처럼 그 어떤 방법을 사용해도 가로막힌 벽을 허물거나 통과할 수 없을 것 같았다. 그래서 짜증이 났다.

그는 신경질적으로 얼음 대검을 휘둘렀다. 그럴 때마다 수십 개의 얼음 대검이 모습을 드러내며 아론을 압박해 갔다.

하지만 아론은 너무나도 여유롭게 그의 얼음 대검을 막아내고 있었다.

"네놈……."

자신의 모든 공격이 무효화되자 헤일로스 포세이두스는 신경질적인 모습을 보였다.

"왜? 마음대로 안 되니까 짜증 나나? 지금까지 제멋대로 살아온 세상이라서?"

"감히……!"

"개인의 욕심 때문에 가문을 악의 구렁텅이로 밀어 넣으니까 기분이 좋나?"

"가문의 염원이다."

"누가 그러는데?"

"모두가 그러하였다."

"모두에게 물어봤나?"

"……."

아론의 질문에 잠시 머뭇거리는 헤일로스 포세이두스. 아무리 그가 훌륭한 사람이고 가문을 이끄는 사람이라 해도 한 명 한 명에게 모두 물어볼 리 만무했다. 그저 내가 가주이니 내 의견에 따르라고 할 뿐.

"내가 가는 곳이 바로 가문이다. 또한 때로는 대를 위해 소를 희생해야 할 때도 있는 법이다."

"도대체 누가 대와 소를 나누는가?"

"바로 나다."

"미쳤군."

"네놈이 무엇을 아느냐."

"넌 고작 몇천 명의 가문이지만 나는 적어도 백만 명을 이끄는 왕이다. 적어도 너처럼 내 말이 옳고, 내 생각이 옳으니 무조건 나를 따르라고는 하지 않아."

"흥! 모래알과 같은 용병 따위를 어디 본 가문과 비견하려 하느냐."

"그래도 제국을 팔아먹지는 않고, 자신의 영달을 위해서 타인의 희생을 강요하지 않는다."

"목적을 위해서는 반드시 희생이 필요한 법이다."

"물론 나도 그 점에서는 별로 이의를 달지 않아. 희생 없는 평화는 없는 법이니까."

"봐라. 너 또한 마찬가지지 않은가?"

"하지만 말이야 과정만큼이나 목적이 중요한 법이지."

"목적이라면 훌륭하지 않은가? 이 비현실적이고 망가진 세상을 순수함으로 돌이키는 것이니 말이다."

"누가 그러는데?"

"뭐?"

"누가 너희들이 하는 짓이 순수로 돌아가는 일이라고 하는데?"

"감히 네놈 따위가 위대하신 그분의 의도를 의심하는 것이냐?"

"너한테는 위대하지만 나한테는 그냥 빨리 사라져야 할 존재이기 때문이지."

"감히……!"

그는 분노했다.

세 번째 감정의 편린일 것이다.

하지만 헤일로스 포세이두스는 모르고 있었다. 이 모든 것이 아론이 의도한 것이라는 것을 말이다. 어떤 감정이든 편린이 일어나면 일어날수록 어둠의 힘으로 완벽하게 재탄생한 헤일로스 포세이두스의 힘은 약화된다.

그렇게 분노하는 헤일로스 포세이두스를 보며 아론은 히죽 웃어 보였다

"대화도 이쯤하면 되었고, 간도 어느 정도 봤으니 이제 본격적으로 해봐야겠군."

파앙!

그 말이 끝나기 무섭게 아론의 신형이 사라졌다. 잔상 따위는 남지 않았다. 그가 사라진 순간 아론은 이미 헤일로스 포세이두스를 가격하고 있었다. 하지만 헬로스 포세이두스 역시 만만치 않은 실력자.

터억!

콰아아앙!

막았음에도 불구하고 거대한 폭음이 들려왔다.

"큭!"

그리고 헤일로스 포세이두스의 입에서는 비틀린 신음이 흘러나왔다.

"그래. 이 정도는 되어야 이터니티 마스터라 할 수 있지."

아론은 이미 예상이라도 했다는 듯이 반응했다. 하지만 그렇다고 해서 공격을 늦추는 것은 아니었다. 그의 투박한 대검은 연신 잔상조차 남기지 않은 채 움직이고 있었다. 검 면이 헤일로스 포세이두스의 옆구리를 강타했다.

그는 자신의 얼음 대검을 급히 휘둘러 옆구리를 막아냈다.

콰앙!

후두두둑!

불과 얼음이 부딪히고 폭발하면서 물이 되어 사방으로 튀었다. 단순한 물방울이 아니었다. 사방으로 튄 물방울은 마치 비수처럼 바위를 파고들었고, 바위를 완전히 박살 내버렸다. 바위가 그럴진대 주변의 나무나 대지는 어떠할까?

그들의 싸움으로 인해 주변의 지형이 바뀌기 시작했다. 하지만 이것은 그저 시작의 일부일 뿐이었다. 그들의 싸움은 점점 더 과격해지고 있었다. 물론 아론의 일방적인 공격일 뿐이었지만 말이다.

쾅아앙! 쾅앙! 쾅앙!

"큽!"

아론의 공격에 헤일로스 포세이두스는 연신 밀리기 시작했
다. 도저히 반전을 꾀할 기회조차 없었다. 머리에서부터 시작
해 발끝까지 모든 경로가 공격 지점이었다. 단순히 살을 주고
뼈를 자를 수준이 아니었다.

아론이라 불리는 용병왕이 친 수 만 수는 그야말로 치명상
에 가까웠다. 최소한 자신과 동등한 수준의 강자였다. 그런
자에게 어디 한 곳이라도 생채기가 난다면 그것은 바로 치명
상과 직결될 수 있어서 헤일로스 포세이두스는 제대로 된 공
격조차 하지 못하고 끊임없이 방어만 했다.

그런 와중에도 아론의 입은 쉬지 않고 움직이고 있었다.

"아이고, 이런. 얼음 귀신이 아직도 살아 있네?"

"어디 이것도 막아봐라."

"이곳은?"

"여기는?"

"얼음이 왜 이렇게 질기지?"

"역시 죽은 놈이라 가죽이 질긴 건가?"

"욕심이 많은 만큼 가죽도 질긴 모양이군?"

쉴 새 없이 퍼부어지는 입담. 그에 헤일로스 포세이두스는

비명을 질렀다.

"크아아악!"

그는 전신에 있는 마나를 폭사시켰다. 아론의 쉴 새 없이 놀리는 입담이 거슬리기도 했지만 어떻게 해서든지 지금의 이 상황을 반전시켜야만 했다. 이렇게 가다가는 결국 자신은 공격 한번 해보지 못하고 죽을 수 있었다.

그의 전신에서 이루 형언할 수 없는 냉기와 함께 그의 빙검이 허공에서 휘날리더니 수없이 많은 잔상을 남기며 세상을 온통 얼음으로 가득한 곳으로 만들고 있었다. 그에 아론은 대검을 들어 얼음 방벽을 향해 집어 던졌다.

불꽃이 날아가 얼음 방벽에 부딪혔고, 얼음 방벽은 산산조각 났다. 하지만 그것으로 끝나지는 않았다. 얼음 방벽은 얼음 송곳이 되어 사방에서 아론을 향해 쇄도했다. 아론 역시 경시하지 않고, 마나를 집중시켰다.

헤일로스 포세이두스가 만들어낸 얼음 방벽과 상반된 불의 방벽이 형성되었다. 얼음 송곳과 부딪힌 불의 방벽은 산산조각 나 불의 창이 되어 사방으로 비산했다. 헤일로스 포세이두스는 지체 없이 빙검을 빙글 돌려 기이한 문양의 원형 판을 소환했다.

원형 판은 곧바로 백색의 광선이 되어 아론을 향해 날아들었고, 아론 역시 그가 했던 방식 그대로 허공에 기이한 문양의 원형 판을 소환했다. 붉게 타오르는 원형 판. 헤일로스 포세이두스의 원형 판이 세상 모든 것을 얼려 버릴 것 같았다면 아론이 소환한 원형 판은 세상 모든 것을 태워 버릴 것 같았다.

또다시 얼음과 불이 부딪혔고, 귀를 틀어막고 싶을 정도의 거대한 폭음이 들려왔다.

콰드드드득!

절벽이 무너져 내리고, 땅이 갈라지고, 바위가 박살 나버렸다. 지형이 완전히 변해 버렸다. 오랫동안 이곳에 살았던 자라 할지라도 지금의 지형을 보면 이전의 지형을 전혀 상상할 수 없을 것이다.

"크으윽!"

헤일로스 포세이두스는 답답한 비명을 토해내며 튕겨져 나갔다. 얼음으로 만들어진 새하얀 길과 그 길을 녹이며 달려가는 붉은 화염의 길이 만들어졌다.

'어떻게……'

튕겨져 나가는 헤일로스 포세이두스는 경악할 수밖에 없었다. 그분에 의해 새로운 몸을 가진 이후 자신은 고통이란 감각을 잊은 지 오래였다. 아니, 고통을 느낄 수 없었다. 자신은 이미 인간이되 인간이 아닌 존재였으니 말이다.

하지만 지금 자신에게 전해져 오는 이 알 수 없는 감각은 뭐란 말인가? 이 감각은 오래전에 잊혔던 감각임이 분명했다. 오래전에 잊었던 감각이 다시 찾아온다는 것은 있을 수 없었다.

그런데 지금 그 있을 수 없는 일이 자신에게서 일어나고 있었다. 하지만 그렇다고 해서 넋을 놓고 그 하나에 집중하지는 않았다. 지금 자신의 앞으로 다가오는 거대한 위험 때문이었다. 그것은 그냥 그저 그런 불의 기운이 아니었다.

그것은 지금껏 자신이 단 한 번도 경험해 보지 않았으나 절대적으로 느껴지는 소멸의 기운이었다. 이것은 자신이 막을 수 있는 수준이 아님을 직감적으로 깨달은 그는 잠깐, 아주 잠깐 망설였다.

하지만 망설임은 길지 않았다. 그는 즉시 방어를 위하거나 혹은 반전을 꾀하는 듯한 몸놀림을 하지 않고 곧바로 마법사들이 하는 동작을 해보였다.

치이이잉!

순간 그의 앞과 발밑에는 기이한 문양이 새겨진 마법진이 발생했다.

콰아아앙!

출렁!

아론이 쏘아낸 일격을 막아낸 마법진이 출렁거렸다. 하지만 아론은 개의치 않고 다시 대검을 휘둘러 마법진을 공격했다.

콰아앙!

쩌저적!

두 번의 부딪힘에 아론의 공격을 막고 있던 마법진에 균열이 발생했다. 그에 헤일로스 포세이두스의 얼굴은 다급함으로 물들어갔다. 그의 발밑에서 생성된 마법진이 완성되고, 어둠이 일어나 그를 집어삼키기 시작했다.

"도망가려는 것이냐?"

그에 아론은 헤일로스 포세이두스가 도망가려는 것을 알고 외쳤다.

"너를 상대하고 싶다만 너에 대한 정보를 알리는 것이 더 중하다."

"비겁하군."

"비겁? 이건 비겁이 아닌 정보의 전달일 뿐이다. 다음에 만나자꾸나."

"쉽지 않을 것이다."

그리고 아론은 들고 있던 대검을 집어 던졌다.

쩌어억!

전면을 방어하던 마법진이 아론이 내던진 검의 힘을 감당하지 못하고 철저하게 깨지고 박살 났다. 하지만 이미 헤일로스 포세이두스의 마법은 완성되어 가고 있었다. 또한 무서운 속도로 다가오는 아론의 대검을 막아내기 위해 헤일로스 포세이두스 역시 빙검을 수십 수백 번을 휘둘러 두껍고 두꺼운 벽을 만들어내었다.

쩌억! 쩌저적!

화르르륵!

아론의 대검은 더욱더 맹렬하게 불타올랐고, 가로막은 얼음의 벽을 통째로 녹여 버릴 듯했다. 하지만 그렇게 전진한다 해도 결코 빙벽을 뚫어낼 수 없다는 걸 안 아론이 눈썹이 꿈틀거렸다.

그 순간 빙벽을 뚫고 들어가던 아론의 대검이 사라졌다.

"헉!"

놀라서 다급한 목소리가 흘러나왔다.

"끄으윽!"

아론의 대검이 공간을 격하고 날아와 헤일로스 포세이두스의 어깨를 관통하고 지나갔다. 목표는 헤일로스 포세이두스의 심장이었으나 그 또한 이미 인간을 초월한 경지의 존재. 만만하게 아론의 대검을 맞아주지는 않았다.

본능적으로 위험이 닥칠 것을 알고 눈에 보이지 않는, 생각할 수도 없는 찰나의 순간에 몸을 비틀어 아론의 대검을 회피한 것이었다. 하지만 그렇다고 해서 아론의 공격을 완벽하게 피해낸 것은 아니었다.

비록 어깨를 관통당했다고는 하나 그 충격은 전신의 뼈와 근육을 모두 박살 낼 정도의 충격이어서 잠깐 마법진이 흔들렸다. 하나 그는 초인적인 인내심으로 그것을 참아냈고, 마침내 마법을 완성시켰다.

"크흐흐, 오늘은 이만 물러가마. 하나 언제고 다시 돌아올 것이다."

나직하고 음침한 웃음을 흘리며 사라져 갔다. 그런 헤일로스 포세이두스의 모습을 지켜보는 아론. 그러다 다시 자신에게로 날아오는 투박한 대검을 한 손으로 잡아 갈무리한 후 나직하게 입을 열었다.

"두고 보자는 놈치고 무서운 놈 없더라. 그리고……."

말을 흐린 아론은 들고 있던 양손대검을 어깨에 턱 걸치고 다시 방향을 틀어 걸음을 옮겼다.

"나머지 한 곳까지 정리해야 하겠지? 그놈은 놓치지 말아야지."

사실 조금 방심하고 있었다.

지금까지 마법을 통해서 도망간 존재가 없었으니까 말이다.

그런데 의외의 일격을 당했다.

그래서 마음이 좋지 않았다. 그의 걸음은 조금 빨라지기 시작했다. 사실 이곳에서 약간 지체한 것도 있었다.

그리고 그가 향한 궁극의 장소에서는 그의 예상했던 그대로의 상황이 벌어지고 있었다.

"침입자다!"

"비상종을 울려라!"

"근위대는 뭐 하는가?"

이곳은 바로 황궁이었다.

어둠이 짙은 밤.

황궁의 한가운데 한 명의 인물이 모습을 드러냈다.

그저 조용하게 와서 조용하게 사라질 마음이 없었던지 모습을 드러낸 자는 사방을 공격하기 시작했다.

"크하하하, 내가 왔노라. 내가 왔단 말이다."

조용한 것은 싫었던지 공개적으로 자신이 왔음을 알리고 있었다.

허리까지 길게 늘어뜨린 검은색 긴 머리카락과 검은 입술, 검은 동공, 검은 얼굴과 검은 피부. 그리고 온통 검은색으로 통일하였고, 신장은 2미터를 훌쩍 넘긴 것으로 보이나 어찌나 깡말랐던지 마치 죽은 고목을 보는 듯한 모습이었다.

그리고 그의 손에 들려 있는 것은 거의 5미터에 달하는 거대한 창이었는데 그 창이 한 번 움직일 때마다 수십의 제국군 병사들이 터져 나가며 죽음을 맞이했다.

그는 다름 아닌 비엔토 스피리투스.

풍제라 일컬어지는 자였다.

병사와 기사들이 모여들고 마법사들이 마법을 난사했다.

그제야 마음에 들었던지 허공에서 내려오는 비엔토 스피리투스.

"나는 풍제 비엔토 스피리투스라고 한다. 황제는 어디 있느냐?"

"네 이노옴!"

누군가 노호성을 터뜨렸다.

하나!

퍼억!

무언가 터져 나가는 소리가 들려왔다.

비엔토 스피리투스는 고개조차 돌리지 않은 채 노호성을 터뜨린 자의 머리에 창을 꽂아버렸다. 그리고 창을 비틀어 그의 목을 뽑아낸 후 쓰레기 버리듯 툭 털어버렸다.

"죽어라!"

그에 흰 이를 드러내 웃어 보이는 비엔토 스피리투스.

"좋아. 이렇게 나와야지. 그래야 재밌지."

그는 만족했다.

피에 젖을 수 있어서 만족했다.

살육을 즐길 수 있어서 만족했다.

휘우우웅!

무겁고 음습한 바람이 불어왔다.

그를 향해 쏘아져 내리던 마법이 일시에 사라져 버렸다.

"어, 어떻게……."

마법사들은 입을 떡 벌릴 수밖에 없었다. 살아생전에 마법을 무효화시키는 자가 있을 줄을 몰랐다. 마법이라는 것이 무효화한다고 해서 되는 게 아님을 알고 있기 때문이었다. 그런데 악마처럼 생긴 자, 아니, 스스로 풍제라 밝힌 자는 마법을 무효화시켰다.

뜨끔.

그리고 동시에 마법을 사용한 마법사들은 목 언저리가 따끔한 것을 느낄 수 있었고, 그 순간 그들은 힘없이 쓰러졌다.

털썩! 털썩!

"이 무슨……."

범위에 벗어나 있던 마법사들은 놀라서 말을 이을 수 없었다. 그들의 시선은 죽어서 시체가 된 마법사에서 어느새 풍제라는 자를 향해 쇄도하고 있는 기사들을 향했다. 하지만 기사들 역시 마찬가지였다.

털썩! 털썩!

힘없이 쓰러져 갔다.

기사들과 마법사들이 그러할진대 병사들은 오죽할까? 아무리 용맹한 병사들이라 할지라도 죽음 앞에서는 나약해질 수밖에 없는 것일까? 병사들은 그저 창을 겨눈 채 주춤거릴 수밖에 없었다.

"네놈은 누구냐?"

그때 큰 소리로 외친 자가 있었다.

"못 들었나?"

"내가 아는 풍제는 절대 이런 짓을 벌일 분이 아니다. 그리고 너와 같지도 않고 말이다."

"호오~ 나를 본 적 있나?"

그러면서 자신의 앞을 가로막은 기사를 유심히 살펴보는 풍제.

"보았다."

"오~ 기억나는군. 드미트리우스라고 했던가? 귀여웠던 꼬맹이는 어디 가고 이렇게 늙고 힘없는 사내가 내 앞에 있는 것인가?"

자신의 이름을 알고 있자 놀란 황실 근위 기사단장인 드미트리우스 존스는 눈을 크게 뜨며 입을 열었다.

"당신이 진정 스피리투스 가문의 전대 가주이자 엘더 에퀘스인 비엔토 스피리투스란 말이오?"

"그러하다."

"한데 어찌……."

"그분의 은총을 입었지."

"그분? 은총?"

도무지 모를 말만 늘어놓는 비엔토 스피리투스. 드미트리우스 존스의 당황에 그는 유달리 흰 이를 드러내며 입을 열었다.

"너 따위 꼬맹이가 알 필요는 없으니 황제를 불러와라."

"지엄하신 분이요. 아무리 스피리투스 가문의 전대 가주라 할지라도 예를 갖추시오."

"큭!"

드미트리우스 존스의 말에 비웃음을 내보이더니 주변을 살폈다. 그 주변에는 이미 죽은 기사와 마법사 그리고 병사들이 수백이 널브러졌다.

"너는 관대하구나."

"난 관대하지 않소."

"그러한가? 그럼 무엇을 망설이느냐?"

그러면서 비스듬하게 자세를 바로 잡는 비엔토 스피리투스. 그에 참지 못한 드미트리우스 존스는 검을 들고 그를 향해 쇄도했다. 동시에 황실 마탑에서 출동한 마법사들이 마법을 난사하기 시작했다.

"좋구나."

무엇이 그리 좋은지 비엔토 스피리투스는 고개를 끄덕이며 들고 있던 창을 느릿하게 들어 올려 회전시켰다.

위이이이잉!

그 회전이 점점 거대해졌고, 마침내 그를 향해 쏟아져 오는 모든 마법을 집어삼켜 버렸다. 황실 마탑의 마법사들은 심장이 튀어나올 듯한 모습으로 그 기괴한 광경을 지켜보았고, 드미트리우스 존스는 빗살처럼 비엔토 스피리투스를 스치고 지나갔다.

콰후우웅!

마법이 일거에 소멸되고, 정적이 감돌았다. 드미트리우스 존스와 비엔토 스피리투스는 엇갈린 상태로 자리한 채였다. 드미트리우스 존스는 확신했다. 검 끝에 걸린 감각이 확신을 더욱더 심어주었다

'베었다.'

그는 이미 소드 마스터였다.

소드 마스터란 검으로 일가를 이룬 존재를 말한다. 수없이 많은 고련을 겪었고 단련을 받은 존재이다. 그러한 존재가 검 끝에 걸리는 감각을 모를 리 없었다.

그는 감각을 확인하고 뒤로 돌아섰다.

그때 마침 비엔토 스피리투스 역시 돌아서고 있었다.

순간 드미트리우스 존스는 자신의 검 끝에 걸린 감각을 확인할 수 있는 장소로 향했다. 바로 비엔토 스피리투스의 가슴이었다.

하나…….

스르륵!

사라지고 있었다.

소드 마스터의 오러 블레이드에 베인 가슴의 상처가 재생되고 있었다.

"어… 떻게!"

"놀랐나?"

"……."

비엔토 스피리투스의 물음에 드미트리우스 존스는 답을 할 수 없었다. 어떻게 된 것인지는 몰라도 곤긴한 두 다리에서 힘이 빠져 나가고 있는 걸 느꼈다. 그는 자신도 모르게 자신의 가슴을 내려다보았다.

쩌저적!

단단하고 정교하기 그지없는 풀 플레이트의 가슴 부위에 손가락만 한 구멍이 뚫려 있었고, 그 주변을 검게 물들이며 균열이 발생했다.

"언제……."

"너보다 빠르게."

"끄륵!"

털썩!

가래 끓는 듯한 소리를 내며 드미트리우스 존스의 무릎이 꿇려졌다. 그리고 그의 목에서는 어느새 피가 분수처럼 흘러 내리고 있었다. 단 한 번의 부딪힘에 소드 마스터인 드미트리우스 존스는 죽음을 맞이했다.

주변은 조용해졌다.

그리고 그때를 같이해 또 다른 발걸음 소리가 들려왔다.

저벅! 저벅! 저벅!

순간 비엔토 스피리투스의 눈썹이 살짝 꿈틀거렸다.

드미트리우스 존스가 인간 중에 강하다고는 하나 자신과 비견할 바는 못 되었다. 그래도 강한 자임에는 분명했다. 그런데 그 강하다는 드미트리우스 존스보다 강한 기세를 가진 자들이 모습을 드러내고 있었다.

"호오~ 이것 봐라?"

의외라는 듯이 혹은 흥미롭다는 표정을 지어 보이고 있었다.

"에퀘스의 성역이 언제부터 이리도 간악하게 변했던가?"

비엔토 스피리투스는 그 목소리의 주인공을 바라봤다.

"바티스타 공작?"

"그렇소, 풍제여."

"내가 알고 있는 바티스타 공작은 소드 마스터였을 뿐이거늘."

"내가 알고 있는 스리피투스 가문의 전대 가주이자 엘더 에퀘스가 된 비엔토 스피리투스 역시 그레이트 소드 마스터일 뿐이었소."

"그러한가? 피차 얻은 힘을 두고 왈가왈부할 필요는 없겠군."

"아니오."

"뭐가?"

"당신이 얻은 힘은 결코 얻어서는 아니 될 힘이오."

"뭐가 말인가?"

"당신이 가진 힘은 어둠의 힘이기 때문이오."

"그것이 뭐 어때서?"

"진정 몰라서 묻는 것이오."

"진정 모르겠군. 어둠의 힘이 어때서?"

"지금 주변에 널브러진 기사들과 마법사들 그리고 병사들을 보고서도 말이오."

"죽을 놈은 일찍 죽는 것이 맞다."

"당신이 아니었으면 이들이 죽을 일은 없었소."

"내가 아니더라도 이들은 언젠가는 죽을 목숨이지."

"그것은 그들의 수명대로 살다 죽은 것이오."

"그것이 뭐가 다른가? 이들 역시 나에 의해 죽을 운명이었던 것일 뿐."

"그들의 운명을 어찌 당신이 대신한단 말이오."

"이러나저러나 어차피 죽을 운명인 것을. 말이 많다."

"어둠에 완벽하게 물들었구려."

"뭐 어떤가? 그런데… 아직 시간이 필요한가?"

"무슨……."

"나오라는 황제는 나오지 않았고, 너희 둘이 나를 상대하기는 어렵고, 그렇다면 뭘까? 되지도 않은 말을 하면서 시간을 끄는 이유가 말이다."

"알고… 있었던 것이오?"

"너희들은 충분히 강하다. 하지만 나를 상대할 정도는 아니지. 그리고 황제 역시 믿는 바가 있을 것 아니냐? 그렇다면 그 믿을 만한 존재가 오기까지 시간을 끌어야 할 것이 아닌가?"

"아직… 이성이 남아 있었던 것이오?"

"크흐흐, 놀랍지 않느냐? 불멸의 힘을 가지고도 이성을 잃지 않은 게."

"별로 안 놀라운데? 그래봐야 언데드지, 뭐."

그때 신경을 거슬리는 목소리가 들려왔다.

그에 모두의 시선이 목소리가 들려오는 쪽으로 향했다.

그곳에는 어깨에 투박한 양손대검을 든 채 삐딱하게 서 있는 존재가 있었다.

"용병왕!"

"아론 큰 백부!"

하지만 아론은 그들의 부름에 답하지 않고 주변을 한번 쓱 훑어본 후 눈살을 찌푸렸다.

"조금 늦었나?"

"아니오."

그의 말에 답을 하는 또 다른 목소리.

그는 바로 황제였다.

아론이 나타남과 동시에 그 역시 모습을 드러내었다.

"그래도 조금 빨리 왔으면 이렇게 허망하게 죽는 자는 없었을 텐데 말입니다."

"그래도 용병왕이 와줘서 이만한 것 아니겠소?"

"그야 뭐, 그렇지만. 그런데 어쩌자고 이런 험악한 곳에 모습을 드러내셨습니까?"

"저 정도 흉악한 자라면 내가 숨어 있어도 결코 숨을 수 없을 것 아니오."

"어쨌든 와줘서 고맙소."

"뭐, 그런 말 듣자고 온 것은 아닙니다만."

별거 아니라는 듯 행동하는 아론의 모습에 위급한 와중에도 황제는 실소를 터뜨릴 수 있었다. 자신이 언제 죽을지도 모를 상황에서 말이다. 그것은 긴장감이 풀어져서 웃는 실소가 아니었다.

그것은 용병왕에 대한 어떤 밑도 끝도 없는 믿음 때문이었다. 이 말을 사용한 이유는 도대체 이 믿음이 어디서 온 것인지 황제 자신도 모르기 때문이었다. 하지만 지금의 상황이 그가 옴으로써 일단락될 것이라는 막연한 기대가 있었다.

"알겠소, 알겠소. 그러니 어서 저자를 내 눈앞에서 치워줬으면 좋겠소."

"그것참 귀족적이지 못한 언사입니다."

"뭐 어떻소. 가끔 이런 말이 친숙하긴 하오."

"나쁘지 않은 변화입니다. 어쨌든 치워 드리지요."

"아부 같은데 듣기는 좋소."

황제의 말에 피식 웃어버리고 돌아서는 아론.

저벅!

지금까지의 가벼운 행동은 온데간데없고, 사방을 짓누를 듯한 기세가 그에게서 피어올랐다.

"네놈은……"

"용병왕."

"용병왕?"

"그래."

"네놈이 어째서?"

"너도 시간 끌기인가?"

"무슨?"

"누구를 기다리는 것인가? 혹시 그 기다리는 대상이 헤일로 스 포세이두스라면 생각을 접는 것이 좋을 것 같군. 나한테 두드려 맞고 도망갔거든?"

"감히……"

"감히는 무슨……"

어둠이 짙어지기 시작했다.

푸르스름한 귀화가 비엔토 스피리투스의 주변에서 일어나기 시작했고, 그 귀화에 잠식당한 죽은 시체들이 꿈틀거리면서 일어나기 시작했다.

"크흐흐, 어쨌거나 좋구나. 네놈의 머리통과 황제의 머리를 한꺼번에 들고 갈 수 있어서 말이다."

득의만만한 웃음을 지어 보이는 비엔토 스피리투스.

"시체를 재활용하는 건가? 그런데 이거 어떡하지?"

"뭐가 말이냐?"

"난 이 시체들과 아무 상관 없어서 한 번 죽은 시체를 한 번 더 죽인다고 해서 양심에 가책을 느끼지 않는데 말이야."

그러면서 손을 한 차례 휘저었다.

그의 손에서 피어난 붉은 화염이 사방을 휘감자 꿈틀거리며 되살아나는 시체들에게 달라붙더니 불태우기 시작했다.

"그워어억!"

시체들은 불꽃이 되어 사라졌다.

소멸된 것이다.

그 모습을 본 비엔토 스피리투스의 얼굴이 일그러졌다. 그는 헤일로스 포세이두스보다 훨씬 더 감정을 잘 드러냈다. 아니, 오히려 그는 감정의 폭발을 극한으로 끌어 올렸을지도 모를 일이었다.

"감히……!"

"말만 하지 말고 덤벼봐. 이번엔 도망 못 갈 테니까."

"죽어라!"

그의 등 뒤에서 푸르스름한 무언가가 치솟아 올라 아론을 겁박하기 시작했다. 마치 죽음의 개와 같았는데 오랫동안 굶주린 모습 그대로였다. 사납고, 공포스러운 모습이었다.

"흥! 겨우 굶은 미친 개 따위로……."

아론은 코웃음 쳐버렸다.

이따위로는 자신을 어찌할 수 없기 때문이었다. 이번엔 방심하지 않기로 했다. 이놈을 사로잡아 무언가를 알아보는 것도 포기하기로 했다. 단 일격에 소멸시키기로 작심했다. 그리고 그의 작심은 곧바로 행동으로 연결되었다.

『용병들의 대지』 12권에 계속…

초대형 24시 만화방

신간 100%, 샤워실, 흡연실, 수면실(침대석), 커플석, 세탁기 완비

▪ 시흥 정왕25시점 ▪

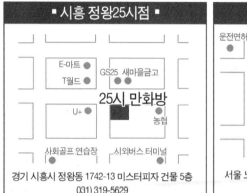

경기 시흥시 정왕동 1742-13 미스터피자 건물 5층
031) 319-5629

▪ 강북 노원역점 ▪

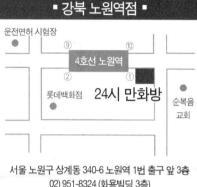

서울 노원구 상계동 340-6 노원역 1번 출구 앞 3층
02) 951-8324 (화용빌딩 3층)

▪ 일산 정발산역점 ▪

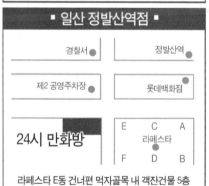

라페스타 E동 건너편 먹자골목 내 객잔건물 5층
031) 914-1957

▪ 일산 화정역점 ▪

경기도 고양시 덕양구 화정동 984번지 서일빌딩 7층
031) 979-4874 (서일사우나 건물 7층)

▪ 부천 역곡역점 ▪

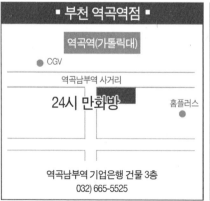

역곡남부역 기업은행 건물 3층
032) 665-5525

▪ 부평역점 ▪

(구)진선미 예식장 뒤 한신포차 건물 10층
032) 522-2871

전생부터 다시

FUSION FANTASTIC STORY

홍성은 장편소설

죽음으로 모든 걸 끝내고 싶지 않아
인간으로 환생하게 된 대마법사, 로렌 하트.

그러나 알 수 없는 괴물의 등장으로 인해 인류가 멸망해 버리고
홀로 살아남은 그는
고독과 외로움에 다시 한 번 더 환생을 결심하는데······.

하지만 현생을 반복하는 것만으로는 의미가 없다.

시간을 되돌려 대마법사가 되기 전의 시절로 되돌아갈 것이다!

대마법사 로렌 하트, 전생부터 다시 시작한다!

Book Publishing CHUNGEORAM

유행이 아닌 자유추구 -
WWW.chungeoram.com

임영기 장편소설

FUSION FANTASTIC STORY

갓오브솔저

'종의 영역'과 '신의 질서'가 파괴되고
지구에는 무영역과 무질서의 시대가 도래했다!

8년 동안 무림에 '절대신군(絕代神君)'으로 군림한 이강도.
어느 날, 자신이 살던 현 세계로 다시 되돌아오게 되고
'졸구십팔(卒9.18)'이라는 이름을 부여받게 되는데……

신이 죽은 세계를 장악하려는 마계(魔界)와 요계(妖界),
그리고 이를 저지하려는 정계(正界)의 치열한 사투!

과연 이 전쟁은 끝이 날 수 있을 것인가.

Book Publishing CHUNGEORAM

유행이 아닌 자유추구 -
WWW.chungeoram.com

2016년의 대미를 장식할 최고의 스포츠 소설!!

Career record : 984W 26L
Career titles : 95
Highest ranking : No.1(387weeks)
Grand Slam Singles results : 23W
Paralympic medal record : Singles Gold(2012, 2016)'

약 십 년여를 세계 최고로 군림한 천재 테니스 선수.
경기 내내 그의 몸을 지탱하고 있는 것은…… 휠체어였다.

『그랜드슬램』

휠체어 테니스계의 신, 이영석(32).
그는 정상의 자리에서도 끝없는 갈망에 사로잡혀 있었다.

"걷고 싶다, 뛰고 싶다. …날고 싶다!!"

뛸 수 없던 천재 테니스 선수
그에게, 날개가 달렸다!!!

Book Publishing CHUNGEORAM

유행이 아닌 자유추구 -
WWW.chungeoram.com

GAME
BALL

게임볼 실경구 장편 소설
FUSION FANTASTIC STORY

무명의 야구인이었던 남자,
우진이 펼치는 야구 감독으로서의 화려한 일대기!

『게임볼』

"이 멤버로 우승을 시키라고?"

가상 야구 게임,
게임볼을 통해 인생 역전을 꿈꾸는

한 남자의 뜨거운 행보에 주목하라!

Book Publishing CHUNGEORAM

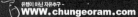
유행이 아닌 자유추구 -
WWW.chungeoram.com